OOPSY DAISY

Édition française

A WICKED GOOD MYSTERY SERIES

LUCY MAY

DÉVOUEMENT

« La pâquerette est le symbole de la simplicité et du naturel. »
-Robert Burns

Chaque titre de la série Wicked Good Mystery peut être lu sans avoir lu les autres titres de la série au préalable. Cependant, vous rencontrerez des références aux événements des histoires précédentes. Si vous souhaitez profiter de tout le mystère, de la magie et du chaos, découvrez les autres livres de la série !

CHAPITRE UN

MOIRA WICKED

Le printemps était arrivé avec force. Peu importe le nombre de printemps que j'avais passés à Charm Cove, dans le Maine, la transition rapide vers un temps plus chaud ne cessait jamais de m'étonner. Nous étions passés de nuits glaciales et de matins frais où le soleil faisait disparaître le givre de l'herbe, aux fleurs qui s'épanouissaient soudainement. Les journées s'allongeaient avec la magie du lever du soleil, et les couchers de soleil devenaient encore plus glorieux. La brise salée venant de l'océan Atlantique était encore un peu fraîche au printemps, mais loin d'être aussi vivifiante qu'en hiver.

Je quittais le travail un après-midi, traversant le parc municipal pour rejoindre ma voiture. Dès que la saison touristique commençait dans notre petite ville animée, je me garais dans la zone réservée uniquement aux propriétaires de commerces. Nous préférions garder le stationnement derrière la boutique ouvert pour les touristes venant visiter Persnickety Potions & Gifts. Nous n'étions certainement pas encore au pic de la saison touristique, mais l'activité commençait à s'intensifier.

Alors que j'étais presque au centre du parc, une bourrasque de vent fit voler une marguerite à travers le ciel qui atterrit sur mon épaule. La cueillant, je ris doucement. — C'est bizarre, murmurai-je pour moi-même.

Je n'y accordai pas plus d'importance et continuai à marcher. Je traversais le trottoir de l'autre côté du parc quand une autre marguerite tomba du ciel.

D'accord, c'est encore plus étrange.

En arrivant à ma voiture, je fus surprise de voir une marguerite sur le pare-brise. La situation était passée de bizarre à étrange, puis à franchement délirante. Secouant la tête, je mis ça sur le compte d'un après-midi particulier.

Trois autres marguerites atterrirent sur mon pare-brise pendant que je conduisais vers la maison, frappant la vitre avant de s'envoler. Bien que je connaisse tout de la magie et que j'y croie fermement − étant donné que j'*étais* une sorcière avec mes propres pouvoirs − je décidai d'envisager l'option la plus réaliste. Quelqu'un devait avoir fait des travaux de jardinage et transportait probablement des débris contenant un tas de marguerites. C'est ce que je me dis. C'était le scénario le plus plausible auquel je pouvais penser. Mon explication interne fut confortée par le fait que je ne vis plus d'autres marguerites sur le reste du trajet.

Le lendemain matin, le soleil brillait intensément au-dessus de l'océan, et Charm Cove était fidèle à elle-même − une petite ville charmante et pittoresque le long de la côte rocheuse du Maine. Je terminais mon petit-déjeuner et savourais mon café avec Liam Good, mon fiancé.

Il n'y avait rien d'inhabituel ce matin-là. Du moins, jusqu'à ce que mon chat, Ghost, arrive en trombe par sa chatière donnant sur la véranda arrière avec deux marguerites dans la gueule et une autre coincée dans son collier. Ghost, un chat habituellement majestueux qui parvenait toujours à garder son pelage d'un blanc éclatant, malgré ses escapades quotidiennes à l'extérieur, semblait proprement offensé par ces marguerites.

Me tournant vers Liam, je commentai : — Je suppose qu'il a attrapé les marguerites parce qu'il était en colère contre elles.

Comme pour confirmer mes propos, Ghost laissa tomber les marguerites sur le sol puis secoua la tête, tentant de déloger la fleur coincée dans son collier.

— C'est vraiment bizarre. Hier soir, comme je te l'ai dit, il y avait ces marguerites qui tombaient du ciel. Tu en as vu ?

Liam se leva du tabouret où il était assis près du comptoir de la cuisine, le contournant pour déposer sa tasse de café vide dans l'évier. Ses cheveux noirs étaient encore humides de sa douche et ses yeux bleus brillaient dans la lumière matinale. Il secoua la tête. — Non, mais je suis rentré plus tôt que toi hier.

Me levant, je me dirigeai vers la véranda grillagée. J'ouvris la porte et sortis pour découvrir des marguerites *partout*. J'entendis Liam venir derrière moi, la porte moustiquaire se refermant alors qu'il arrivait sur la terrasse.

— Wow, dit-il.

— Mais qu'est-ce qui se passe ? m'exclamai-je.

Toute la terrasse au-delà du grillage était couverte de marguerites, ainsi que la pelouse derrière la maison jusqu'à l'océan Atlantique. Charm Cove était située à peu près à mi-chemin de la côte du Maine.

La maison que je partageais avec Liam était perchée sur une falaise surplombant l'océan. Les marguerites couvraient le sol jusqu'à la falaise. Au-delà, on pouvait les voir ballottées au bord de l'eau, s'étendant juste après les brisants. Des marguerites étaient éparpillées à la surface de l'océan bleu ardoise, le soleil faisant briller l'eau entre elles.

— Adieu ma théorie d'hier selon laquelle quelqu'un devait faire des travaux de jardinage un peu trop enthousiastes, marmonnai-je.

Liam ricana. — Oui, je dirais bien.

Comme pour confirmer, quelques marguerites tombèrent du ciel, l'une atterrissant sur mon épaule et deux autres virevoltant sur la terrasse.

Plus tard ce matin-là, après plusieurs appels dans Charm Cove, tout ce que nous savions, c'était qu'il y avait des marguerites partout. Le ciel pleuvait littéralement des marguerites. Cela venait par petites rafales avec des grappes de ces charmantes fleurs tombant aléatoirement du ciel.

Avec les touristes qui encombraient les trottoirs et les boutiques, tout ce que j'entendais depuis le matin, c'était marguerites, marguerites, marguerites et encore marguerites. À Persnickety Potions & Gifts, la petite boutique que je gérais pour ma famille à Charm Cove, il y avait un flux constant de clients, beaucoup ramassant des marguerites sur le trottoir pour les glisser derrière leurs oreilles ou les tresser dans leurs cheveux. Pendant ce temps, les lignes de communication entre les différentes familles de sorcières de Charm Cove bourdonnaient par téléphone, par SMS et en personne.

À l'heure du déjeuner, je sortis sur le trottoir. Persnickety Potions & Gifts se trouvait sur Charming Way, l'une des rues les plus fréquentées du centre-ville. Juste en face se trouvait le parc municipal, avec Wicked Way le bordant de l'autre côté.

Charm Cove était une ville typique de la Nouvelle-Angleterre avec de jolies petites boutiques, d'anciennes maisons coloniales et un petit centre-ville construit autour du parc municipal. Elle était charmante comme d'habitude en ce midi de printemps, à l'exception des marguerites qui tapissaient tout le centre-ville. La question de savoir si cela ajoutait ou non au charme était certainement sujette à débat.

Alors que je regardais autour de moi, une rafale de marguerites tomba du ciel, quelques-unes atterrissant dans mes cheveux. Un homme qui marchait dans la rue avec un appareil photo s'arrêta et prit rapidement une photo de moi. Je ne le reconnaissais pas, mais je n'eus pas à me demander longtemps qui il était après qu'il se soit arrêté à côté de moi.

— Bonjour, je suis reporter pour le *Maine News & Gazette*. Charm Cove fait la une des journaux ce matin. Accepteriez-vous de m'accorder une interview ? demanda-t-il.

J'étais un peu abasourdie par la vue des marguerites partout et j'essayais encore de comprendre ce qui se passait.

— Oh, au fait, je m'appelle Dale. Dale Anderson, ajouta l'homme.

Avec un effort mental, je me concentrai sur lui. — Bonjour. Êtes-vous venu ici ce matin ? demandai-je.

— Oui. J'ai conduit depuis Portland et je suis arrivé il y a environ une demi-heure. J'ai fait le tour de la ville en voiture. Il y a des marguerites partout.

— Où est-ce qu'elles commencent ? demandai-je.

Étant donné que je n'avais été que dans les limites de la ville ce matin, j'étais assez curieuse de savoir où cette tempête de marguerites avait commencé.

— Je suis venu par l'I-295 puis par la Route 1. Quand on prend la sortie de la Route 1, les marguerites commencent. C'est un peu clair-semé au début, mais une fois que j'ai dépassé le panneau des limites de la ville... Il fit une pause et rit. — Eh bien, il y a des marguerites partout, comme ici, expliqua-t-il en faisant un geste de la main.

Il y avait des marguerites *absolument* partout où je regardais. Le majestueux sapin baumier au centre du parc municipal avait l'air ridicule avec des marguerites drapées partout sur lui, comme s'il était décoré pour les fêtes.

— Ça va certainement alimenter les rumeurs sur la réputation de Charm Cove, dit-il avec un rire étonné.

— Pardon ?

— Eh bien, vous devez savoir qu'il y a des rumeurs selon lesquelles Charm Cove serait peuplée de sorcières, expliqua-t-il.

Je réprimai un soupir et gardai soigneusement une expression neutre. Étant donné que j'*étais* une sorcière, comme toute ma famille, j'étais bien consciente de la réputation de Charm Cove. Ma famille, les Wicked, ainsi que les Good, avaient fondé Charm Cove il y a des siècles. À l'origine, nous étions une ville exclusivement composée de sorcières et de sorciers, mais nous nous étions bien cachés et vivions maintenant librement parmi ceux qui n'étaient pas bénis de pouvoirs surnaturels. Charm Cove était *toujours* principalement peuplée de sorcières et de sorciers, mais nous préférions garder cela secret.

Étant donné que notre jolie petite ville existait uniquement parce que nos ancêtres avaient fui Salem, dans le Massachusetts, avant l'hystérie concernant les sorcières, nous avions travaillé dur pour vivre tranquillement et paisiblement. Les sorcières et les sorciers étaient largement une force du bien dans le monde, mais les gens avaient tendance à craindre ce qu'ils ne comprenaient pas. Sans jeu de mots.

Bien que nous ayons largement réussi à cacher notre existence, des rumeurs persistantes circulaient. Une pluie de marguerites tombant du ciel n'allait certainement pas arranger les choses côté rumeurs.

CHAPITRE DEUX

Ce soir-là, tout Charm Cove était en effervescence, et pour cause. L'Enchanted Spirits, un bar local très prisé, était bondé de gens et de pâquerettes. Il était pratiquement impossible de se déplacer sans que des pâquerettes ne tombent du ciel pour s'emmêler dans les cheveux ou se coincer sous les chaussures. C'était vraiment une explosion florale. Je chassai une pâquerette de mon épaule tout en me frayant un chemin entre les tables vers un box situé dans le coin au fond.

Je retrouvais un groupe d'amis, officiellement pour boire un verre et dîner. Bien que nous allions certainement profiter de ces deux activités, nous discuterions également de la situation des pâquerettes, faute d'une meilleure façon de la décrire. Quand j'atteignis le box, Liam se leva, m'invitant à me glisser sur le siège à côté de ma meilleure amie, Zoe. Une fois assise, il se rassit, posant son bras autour de mes épaules.

Zoe avait glissé une pâquerette derrière son oreille et me jeta un sourire.

— Eh bien, salut toi.

— Salut, répondis-je. Regardant autour de la table, j'appuyai mon menton dans ma main et demandai : Mais qu'est-ce qui se passe, bon sang ?

Ma cousine Emma était assise juste en face de moi, ses cheveux noirs attachés en queue de cheval avec une pâquerette glissée dans l'élastique. Elle haussa les épaules.

— Ton hypothèse est aussi bonne que celle de n'importe qui.

Liam se pencha pour déposer un baiser sur ma joue. Daniel Levesque, le mari de Zoe et chef de la police de Charm Cove, ricana.

— Pour une fois, je n'ai pas besoin de m'en mêler. Il n'y a pas de crime lié à des pâquerettes qui tombent du ciel.

Nathan Good, adossé dans le coin du box, secoua lentement la tête.

— Je suppose que non.

— Je crois que tout le monde à cette table est une sorcière ou un sorcier sauf moi, non ? demanda Daniel.

— Exact, confirma Emma d'un signe de tête.

Autour du box se trouvaient moi-même, incontestablement une sorcière ; mon fiancé, Liam, un sorcier, ainsi que son cousin Nathan. Ma cousine au troisième degré environ, Emma Good, était également une sorcière ; le petit ami d'Emma, Jackson Howe, était un sorcier. Dernière mais certainement pas des moindres, l'épouse de Daniel, Zoe, qui était une sorcière. Des sorcières et des sorciers entouraient Daniel.

— Comment peux-tu me dire que des pâquerettes qui tombent du ciel n'est pas un crime ? demanda Zoe.

Daniel ricana à nouveau et secoua la tête.

— Celle-là, c'est à vous tous de la résoudre. Je ne doute pas une seconde que quelle que soit la cause, elle a un rapport avec la magie. J'enquêterai sur les crimes liés à la magie, mais il faut que ce soit un crime. Des pâquerettes qui pleuvent du ciel, ce n'est pas un crime, pour autant que je sache.

Rachel Ouellette, notre serveuse, s'arrêta à notre table. Elle avait tressé des pâquerettes en couronne sur ses cheveux blonds. Rachel nous gratifia tous d'un sourire.

— Alors, vous voulez participer au pari ? demanda-t-elle.

— Oh mon Dieu, ne me dis pas qu'il y a des paris sur les pâquerettes, répondis je en levant les yeux vers elle.

Ses yeux bleus se plissèrent aux coins quand elle sourit.

— Bien sûr qu'il y en a. On parie sur la durée qu'il faudra pour que ça s'arrête.

Nathan intervint.

— C'est quoi la mise minimum pour participer ?

— Dix dollars, répondit joyeusement Rachel.

Tous les hommes sortirent aussitôt leurs portefeuilles, Daniel y compris. Me penchant autour de Zoe, je lui lançai un regard noir.

— Les paris sont-ils légaux ?

— C'est juste un pari amical. Laisse tomber, répliqua rapidement Daniel.

Une fois les paris pris et l'argent collecté par Rachel, nous avons commandé à manger et à boire. La conversation ne s'éloignait jamais du sujet des pâquerettes pendant plus de quelques minutes à la fois. Les gens s'arrêtaient continuellement à notre table pour théoriser sur la cause, ce qui nous empêchait de changer de sujet. Le journaliste qui m'avait demandé de me prendre en photo plus tôt dans la journée était également présent, faisant le tour du bar avec un enregistreur à la main, prenant des notes et des photographies.

Quand Liam et moi sommes rentrés à la maison plus tard ce soir-là, Ghost nous a accueillis à la porte avec une autre pâquerette dans la gueule. Il a laissé échapper un miaulement contrarié lorsqu'une pâque-rette est tombée du ciel sur son dos. Après avoir retiré nos chaussures et accroché nos vestes, j'ai traversé la pièce et me suis laissée tomber sur le canapé, poussant un profond soupir en m'adossant aux coussins.

— C'est un désastre, ai-je annoncé.

— Tu crois ? demanda Liam en s'installant sur le canapé d'angle à côté de moi, posant ses pieds sur la table basse.

— Je ne sais pas qui a provoqué ça, mais Charm Cove va avoir un sérieux problème si on ne peut pas faire en sorte que ça s'arrête bien-tôt. Y a-t-il déjà eu un incident où la magie a échappé à ce point au contrôle ? demandai-je. Tu sais, au point où des journalistes débarquent et tout ça ?

Se penchant en avant, Liam prit la télécommande et alluma la télé-vision, passant rapidement à l'une des principales chaînes d'informa-tion. Il était vingt-deux heures, l'heure des informations du soir. Premier sujet : *Charm Cove, l'Explosion de Pâquerettes*, annonçait le titre.

Le duo normalement posé de présentateurs était plutôt animé pour cette histoire. Nancy Mathis entama le segment avec un sourire joyeux.

— Notre principal sujet d'actualité ce soir se déroule à Charm Cove, dans le Maine, en ce moment même. Le reportage passa à une photographie de pâquerettes partout.

— Oh mon Dieu, murmurai-je avec un soupir.

Le soupir de Liam était lui aussi profond, ce qui n'était pas peu dire. Liam n'était pas facilement ébranlé. Nous avons regardé silencieusement le reportage sur Charm Cove.

Après la séquence sur la ville, le visage souriant de Nancy revint à l'écran.

— Comme vous pouvez le voir, la ville entière est couverte de pâquerettes. Elles tombent du ciel en averses aléatoires. Nancy fit une pause, pendant laquelle l'écran montra des images de pâquerettes faisant précisément cela. La caméra s'éloigna du ciel pour montrer le parc municipal. Je pouvais à peine distinguer l'enseigne de Persnickety Potions & Gifts. De ce point de vue, toute l'affaire semblait complètement folle et presque surréaliste.

— Comment crois-tu qu'ils ont obtenu cette prise de vue ? demandai-je, détournant mon regard de la télévision vers Liam.

— Probablement un drone, répondit-il, étendant son bras autour de mes épaules et me tirant plus près de lui. La caméra en question se déplaçait au-dessus du parc, suivant Charming Way jusqu'à la route côtière qui menait à la partie résidentielle de la ville.

Nancy poursuivait sa narration et confirma la supposition de Liam.

— Comme vous pouvez le voir depuis notre caméra drone, il y a littéralement des pâquerettes partout. Deux accrochages se sont produits aujourd'hui quand des véhicules ont dérapé sur les fleurs sur la route. Heureusement, personne n'a été blessé. Il ne semble pas très utile d'essayer de les dégager car elles continuent simplement de tomber. Ici, la caméra balaya le bord de la plage, où le sable était recouvert de pâquerettes. Elles roulaient dans l'eau tandis que les vagues s'écrasaient sur le rivage.

— Pour plus de perspective, écoutons notre météorologue local, Chuck Jackson.

Fort heureusement, la vue de Charm Cove couverte de pâquerettes disparut et la caméra revint sur Nancy assise à son bureau avec Chuck à ses côtés, qui faisait à la fois office de présentateur et de météo-rologue.

— Je suppose qu'ils vont émettre des hypothèses sur ce qui se passe, dit Liam, d'un ton lourd de sarcasme.

Je soupirai à nouveau, déplaçant mes pieds pour faire de la place à Ghost lorsqu'il sauta sur le canapé à côté de moi, se blottissant contre ma hanche en se roulant en boule. Quand je tendis la main pour lui caresser le menton, il répondit par un ronronnement retentissant. Ce qui aurait dû être un moment de détente à la fin de la journée n'en était pas un. Non, maintenant nous devions nous inquiéter des rumeurs qui avaient été murmurées discrètement à propos de Charm Cove au cours des siècles, et qui s'intensifiaient à un rythme effréné.

— Alors, Chuck, avez-vous déjà entendu parler de quelque chose comme ça ? demanda Nancy avec un sourire chaleureux.

Chuck secoua solennellement la tête.

— Absolument pas, Nancy. Dès que j'ai entendu les premiers rapports tôt ce matin, je me suis dirigé directement vers Charm Cove pour le voir de mes propres yeux, comme beaucoup de Mainois. C'est exactement comme l'image que vous avez montrée. Les fleurs commencent juste après la limite de la ville. À environ un kilomètre à l'intérieur, les pâquerettes sont partout.

Nancy acquiesça.

— Vous avez mentionné plus tôt que vous cherchiez s'il y avait déjà eu un cas de fleurs tombant du ciel comme celui-ci. Avez-vous eu de la chance avec vos recherches ? demanda-t-elle.

— C'est ridicule, dis-je, jetant un regard de côté.

Liam croisa mon regard et ricana. Mes yeux revinrent instantané-ment à la télévision, car je devais absolument savoir ce que Chuck avait à dire à ce sujet.

— Nancy, aussi incroyable que cela puisse paraître, il y a *effective-ment* un incident similaire enregistré dans l'histoire, dit Chuck. Nancy semblait poliment intéressée, ses yeux s'écarquillant légèrement tandis qu'elle hochait la tête pour l'encourager à continuer.

— Cela s'est produit en Écosse au seizième siècle. Il existe un témoignage d'un petit village couvert de pâquerettes. Évidemment, les archives sont assez anciennes, mais selon les dires, les habitants locaux soupçonnaient la sorcellerie, proposa Chuck avec un visage parfaitement impassible.

— Que s'est-il passé ? demanda Nancy pour poursuivre cette histoire d'actualité absolument ridicule.

— Après quelques semaines, les tempêtes de pâquerettes, comme on les appelait à l'époque, se sont arrêtées. Si quelqu'un a jamais su ce qui les avait causées, ce n'est certainement pas rapporté dans les livres d'histoire. Mais nous avons aujourd'hui une nouvelle opportunité. La science est notre alliée. Une équipe internationale d'experts en météorologie et en botanique a été envoyée à Charm Cove pour enquêter. Bien que la science nous ait aidés à en apprendre beaucoup sur la météo, il reste encore de nombreux mystères à examiner, déclara Chuck.

Je ne pus retenir mon rire, gloussant quand Liam pouffa. Je me levai et me détournai alors que les informations continuaient.

— Tu veux de l'eau ? lançai-je par-dessus mon épaule en me dirigeant vers la cuisine pour prendre mon propre verre.

— Bien sûr, répondit Liam tandis que le reportage faisait une pause publicitaire.

— Nous reviendrons tout de suite avec plus d'informations sur ce phénomène météorologique. Traversant le salon pour aller dans la cuisine, j'espérais que les tempêtes de pâquerettes s'arrêteraient bientôt. Apparemment, elles s'étaient arrêtées en Écosse, donc l'histoire jouait en notre faveur.

J'avais hérité de ma maison de transport de ma grand-mère après son décès. Elle se trouvait sur la propriété familiale mais à une distance suffisante de la maison principale pour que je puisse imaginer avoir un peu d'intimité. Autrefois, c'était une véritable remise à voitures. Il y a quelques décennies, elle avait été rénovée pour atteindre son état actuel.

La cuisine était située là où se trouvaient les boxes d'origine. Des fenêtres avaient été construites à l'emplacement des anciennes ouvertures des boxes, offrant une vue sur les arbres sur le côté de la maison. Un évier en ardoise était au centre du comptoir contre le mur avec un four encastré d'un côté et le réfrigérateur de l'autre. En face de ce comptoir se trouvait un petit îlot, qui avait des sièges d'un côté et la cuisinière au centre. Une table de salle à manger était à l'arrière de la maison, face à l'océan.

La propriété de ma famille était située sur l'océan Atlantique, un énorme morceau de terre qui coûterait probablement une petite fortune aujourd'hui. Les planchers d'origine en châtaignier étaient polis jusqu'à briller dans toute la maison. Le salon était de l'autre côté du rez-de-chaussée, avec la télévision fixée au mur et le canapé d'angle orienté de manière à pouvoir voir la télévision d'un côté et la vue derrière la maison de l'autre.

L'ancien grenier à foin à l'étage avait été transformé en deux chambres avec une salle de bains au centre. Une autre salle de bains avec la buanderie se trouvait vers l'avant de la maison. L'espace semblait ouvert et aéré avec de nombreuses fenêtres laissant entrer autant de lumière que possible.

Ma famille, les Wicked, avait fondé Charm Cove à la fin du seizième siècle avec les Good. Les deux familles regorgeaient de sorcières et de sorciers. Nos deux familles avaient navigué vers l'Amérique avec du sang celte, irlandais et français coulant dans nos veines. Comme beaucoup de familles imprégnées de sorcellerie qui ont débarqué sur les rivages d'Amérique, nous nous étions rassemblés avec d'autres familles dans la région de Salem au Massachusetts. Cependant, nos deux familles avaient vu venir l'hystérie avant qu'elle n'atteigne son paroxysme et avaient délibérément quitté Salem pour éviter sa toxicité croissante.

En conséquence, nous avions sauvé nos familles et quelques autres par la même occasion. Le mot s'est répandu et d'autres familles nous ont suivis jusqu'ici. North Salem, comme on l'avait d'abord appelé familièrement, est devenu Charm Cove pendant les procès des sorcières de Salem. Étant donné qu'à l'époque, un voyage du centre du Massachusetts au Maine prenait plusieurs jours en voiture, la communauté a réussi à s'isoler en grande partie des attaques puritaines et a survécu. Au fil des siècles, elle est devenue un centre de pouvoir pour les sorcières et les sorciers. Nos secrets ont été très bien gardés, avec seulement quelques rumeurs occasionnelles qui filtraient vers le monde extérieur.

Jusqu'à présent, nous avions réussi à balayer les rumeurs étranges qui surgissaient de temps en temps. Les sorcières et les sorciers étaient attirés par Charm Cove en raison de la façon dont nous nous protégions les uns les autres. Cette actualité n'allait pas aider, pas du tout. Si les pâquerettes continuaient à tomber du ciel et à pousser comme des folles, je ne pensais pas que ce serait la dernière des histoires non plus. J'espérais seulement que Charm Cove maintiendrait son besoin de secret avec l'avènement de cette folle explosion de pâquerettes.

En parlant d'histoire, les Wicked et les Good, avec leurs vastes familles dispersées à travers le monde, s'étaient autrefois terriblement querellés après une trahison. Le couple marié en question avait failli s'entre-tuer suite à cela, conduisant à une querelle centenaire entre les deux familles. Après que trop c'était trop, deux matriarches des familles – l'une loin en Europe et l'autre à Charm Cove – avaient lancé un sort qui durerait plusieurs siècles. Le sort décrétait qu'une fois par siècle, un Wicked et un Good tomberaient amoureux et se marieraient, maintenant ainsi la paix entre les deux familles étendues et puissantes.

Au sein des différentes branches de nos familles, il y avait des centaines de personnes à chaque génération, mais personne ne savait jamais qui serait touché jusqu'à la naissance de ceux sous le sort. Je savais depuis que j'étais petite fille que j'étais destinée à épouser Liam. Malgré une route un peu cahoteuse pendant quelques années, nous nous étions remis ensemble l'année dernière. Maintenant, nous étions fiancés et notre mariage était prévu pour l'été prochain en Écosse.

Après avoir pris deux verres d'eau, je suis retournée au canapé, juste à temps pour la fin de la pause publicitaire. Avec Ghost ronronnant à côté de nous, nous avons écouté le prochain segment sur Charm Cove et le mystère des pâquerettes.

L'écran offrait une vue de Nancy, Chuck et une autre femme. Nancy était assise en angle face à eux deux, tous les trois avec des sourires polis et leurs mains reposant sur la table devant eux.

Nancy commença :

— Ce soir, Rachel Martin nous rejoint. Rachel est une experte en histoire de la Nouvelle-Angleterre. Rachel, que pouvez-vous nous dire sur l'histoire plutôt inhabituelle de Charm Cove ?

Rachel sourit et acquiesça, ses cheveux bruns mi-longs rebondissant un peu lorsqu'elle bougeait la tête.

— Charm Cove a une histoire unique, bien qu'une grande partie soit écartée comme n'étant rien de plus que des rumeurs fantaisistes, dit Rachel, regardant Nancy.

— Charm Cove est une petite ville tout à fait charmante le long de la côte centrale du Maine.

Je dus lever les yeux au ciel devant son jeu de mots.

— C'est connu comme une destination touristique bien-aimée et possède un certain nombre de petites boutiques mignonnes. Les commentaires de Rachel étaient entrecoupés de photographies de Charm Cove en été sans les pâquerettes, les rues remplies de gens, et le soleil brillant sur l'océan.

— Il est difficile de dire pourquoi certaines villes sont plus populaires que d'autres, mais celle-ci attire les touristes chaque année. C'est considéré comme *la* destination de premier choix pour les touristes dans cette région. Obtenir des réservations dans les hôtels ici signifie planifier un an à l'avance. Il y a eu des rumeurs depuis sa fondation à la fin du seizième siècle selon lesquelles des sorcières étaient responsables de la fondation de la ville. Malgré les déclarations répétées des officiels affirmant que ces rumeurs n'étaient rien de plus que des histoires stupides, elles ont persisté au fil des ans. Cet événement des pâquerettes fait remonter ces rumeurs à la surface. Personne ne semble savoir comment ou pourquoi cela se produit, mais peut-être est-ce de la magie, conclut Rachel avec un large sourire.

La caméra se tourna vers Chuck maintenant. Il secoua la tête.

— Je suis plus enclin à penser que la science y est pour quelque chose. Nous ne pouvons qu'espérer que la science nous donnera les réponses, et j'ai confiance qu'elle le fera, proposa Chuck. Il était toujours le scientifique, ce que, en ce moment, j'appréciais beaucoup.

— En attendant, si vous voulez voir la nouvelle merveille du monde en pâquerettes, vous feriez mieux d'y aller pendant que les pâquerettes sont encore là.

Sur cette petite note mignonne, le segment prit fin, et je me tournai pour regarder Liam.

— L'eau ne suffira pas. J'ai besoin de vin, dis-je sérieusement. J'étais on ne peut plus sérieuse. La dernière chose dont nous avions besoin maintenant, c'étaient des segments d'informations sur la question de savoir si Charm Cove était plein de sorcières et si, d'une manière ou d'une autre, la magie causait la chute des pâquerettes du ciel. Même si je savais que c'était la cause la plus probable, je ne voulais certainement pas que le monde le sache.

Liam baissa les yeux, ses cheveux noirs luisant dans la faible lumière de la télévision. Ses yeux bleus rencontrèrent les miens, lumineux quelle que soit la lumière. Mon fiancé était trop beau pour son propre bien. Mon ventre fit opportunément un petit saut lorsqu'il me sourit.

— Nous pouvons gérer ça. Si nécessaire, nous utiliserons la magie pour combattre la magie et les rumeurs. Puis, il baissa la tête, se penchant pour capturer mes lèvres dans un baiser. J'oubliai comme par hasard de m'inquiéter des pâquerettes et des rumeurs.

CHAPITRE TROIS

Quand je me suis réveillée le lendemain, j'espérais ardemment qu'il n'y aurait plus de pâquerettes, surtout pas tombant du ciel. Pas de chance.

Après avoir lancé la cafetière, je suis sortie sur la véranda arrière pour aussitôt recevoir une pluie de pâquerettes, l'une se posant sur mon épaule et une autre sur mon pied. Bien sûr, la véranda entière était recouverte de pâquerettes, alors j'ai dû les pousser du pied pour me frayer un chemin jusqu'à la rambarde.

La pelouse arrière s'étendait de la véranda jusqu'à l'océan, avec des arbres disséminés ici et là et des pâquerettes absolument partout. Les cimes des arbres étaient couvertes de pâquerettes, tout comme chaque parcelle de terrain dégagée. Elles poussaient en touffes épaisses autour de la terrasse, s'enroulant le long de la rambarde et autour des troncs d'arbres. Avant cela, j'avais quelques zones où des pâquerettes étaient plantées et elles avaient tendance à pousser à l'état sauvage dans les hautes herbes, mais c'était à peu près tout. Il n'y avait certainement pas eu de pâquerettes entourant la terrasse ou les arbres auparavant. À première vue, on aurait pu croire que je n'avais pas pris la peine de désherber depuis des années.

Ghost est arrivé en gambadant à travers les pâquerettes. Quand l'une d'elles est tombée du ciel et a atterri sur son dos, il a fait un bond de côté, furieux de cette interruption grossière, et à donné un coup de patte à la malheureuse pâquerette lorsqu'elle est tombée au sol.

La porte moustiquaire s'est ouverte derrière moi. Je me suis retournée pour voir Liam qui sortait, les cheveux ébouriffés par le sommeil. Il portait un T-shirt délavé sur un pantalon de survêtement, réussissant quand même à être séduisant alors qu'il venait juste de sortir du lit.

— Il pleut encore des pâquerettes, ai-je dit en guise de salutation.

Il avait deux tasses dans les mains et est venu me rejoindre à la rambarde, m'en tendant une. Souriant, j'ai pris une gorgée de mon café, savourant l'amertume.

— Mon père a appelé. Il y aura une réunion au phare ce soir pour discuter de ce qui se passe, a dit Liam.

— Une réunion s'impose vraiment, ai-je répondu en le regardant par-dessus le bord de ma tasse.

— Je dois aller travailler plus tôt. Tu veux toujours venir avec moi ? a-t-il demandé.

— Bien sûr.

Ghost s'est enroulé autour de nos pieds avant de se précipiter par sa chatière sur la véranda arrière et dans la maison. Il passerait ses journées à faire ce qui lui plaisait, soit à se prélasser dans la maison, soit à courir partout, allant Dieu sait où dans ses pérégrinations. Son territoire était assez vaste, puisqu'il pouvait se nourrir chez mes parents à proximité et dans l'ancien cottage du gardien où mon frère aîné séjournait actuellement.

Une fois prêts à partir, Liam nous a conduits en ville où il s'est arrêté devant Magic Beans, mon café préféré, idéalement situé en face de la place du village, de l'autre côté de Persnickety Potions & Gifts. Je préférais prendre une deuxième tasse de café pour m'aider à tenir toute la journée, et j'avais aussi besoin de prendre quelque chose à manger puisque nous n'avions pas eu le temps de petit-déjeuner.

Il s'est penché, déposant un baiser sur mes lèvres et me faisant signe de partir. En traversant le trottoir, je n'ai pas pu m'empêcher de remarquer que la rue était déjà remplie de voitures. À cette heure matinale, ce n'était pas habituel. On aurait dit que nous étions au plus fort de la saison touristique estivale alors que nous n'étions qu'en mai.

En regardant autour de moi, j'ai vu des gens éparpillés partout sur la place du village, prenant des photos des pâquerettes omniprésentes. Avec un soupir, j'ai balancé mon sac à main sur mon épaule et j'ai marché sur les pâquerettes qui jonchaient le trottoir pour entrer dans Magic Beans. J'essayais de ne pas trop penser au fait que les pâquerettes ne semblaient pas du tout se faner. La clochette a tinté lorsque la porte s'est refermée derrière moi, et le parfum du café et des pâtisseries fraîches m'a enveloppée dès que je suis entrée. Le café était bondé, avec une file qui s'étirait jusqu'à la porte et toutes les tables occupées. Adieu les quelques minutes tranquilles avec une tasse de café et un scone.

— Moira ! a appelé une voix.

En regardant devant moi, j'ai vu Tante Penelope en tête de la file. Ses cheveux argentés étaient torsadés en un chignon au sommet de sa tête. Grande et élancée, elle se démarquait parmi la foule autour d'elle. Elle portait une jupe rouge vif en coton transparent qui virevoltait autour de ses pieds. Avec ses sandales, ses bracelets de cheville à breloques, son chemisier blanc fluide et ses bracelets en argent qui tintaient quand elle bougeait les mains, elle semblait tout droit sortie des pages d'un catalogue hippie. Si tant est qu'une telle chose existe.

— Je t'attendais, a-t-elle ajouté tandis que je m'approchais d'elle.

J'ai remercié ma bonne étoile car, bien que Tante Penelope n'ait probablement aucune idée que j'allais être ici ce matin, elle improvisait et me faisait passer en tête de file. Dès que je l'ai rejointe, elle m'a attirée près d'elle pour une étreinte parfumée au romarin. — Je compte passer à la boutique après pour préparer quelques potions. Ta mère m'a dit que tu serais ici, m'a-t-elle dit à l'oreille avant de se reculer et de me serrer les épaules.

Ah, donc elle savait que je serais là. Penelope n'était pas du genre à planifier, donc c'était un peu surprenant.

— J'ai déjà commandé ton café préféré, et j'ai pensé à un scone aux myrtilles, peut-être ? a-t-elle demandé en haussant un sourcil.

— Parfait, ai-je répondu.

Mon amour pour tout ce qui est scone était bien connu de tous les

membres de ma famille, du moins ceux proches de moi. Tante Penelope a insisté pour payer, puis a passé son bras sous le mien tandis que
nous sortions. Il était inutile d'essayer de s'asseoir ici. Puisque j'arrivais
tôt pour ouvrir la boutique, nous pourrions profiter de notre café et de
nos scones en paix.

Nous avons traversé la place du village, et j'étais presque certaine
que nous figurions sur quelques photographies. Il y avait des gens
partout prenant des photos des pâquerettes. Avec des pâquerettes qui
poussaient de partout et qui tombaient occasionnellement d'en haut,
c'était tellement ridicule que j'ai dû me mordre l'intérieur des joues
pour ne pas rire de la scène.

Beatrice Powers nous a fait signe depuis la place, où elle dirigeait
son groupe de marcheurs sportifs. Son groupe s'était élargi à plus de
dix personnes depuis que le printemps battait son plein. Beatrice était
une bonne amie de la famille, et elle s'arrêtait souvent pour bavarder.
Dans la nonantaine, elle était mince avec des cheveux gris courts et des
yeux bruns pétillants. Elle était toujours en train de battre la campagne
lors de ses marches.

L'enseigne de Persnickety Potions & Gifts est apparue alors que
nous passions devant le grand baumier au centre de la place. Il semblait
décoré de façon ivre, avec des pâquerettes drapées de manière désordonnée partout dessus. L'enseigne fantaisiste de la boutique était
peinte avec des lettres bleues et violettes. Elle était installée dans ce
qui était à l'origine une maison familiale. La première génération de
Wickeds à Charm Cove y avait vécu pendant qu'ils construisaient la
grande maison coloniale où mes parents vivent maintenant. Mes
ancêtres avaient transformé le rez-de-chaussée en boutique.

Penelope et moi sommes passées par l'arrière du magasin pour ne
pas attirer l'attention sur notre entrée et nous donner un peu de temps
pour savourer notre café et nos scones. J'ai désactivé le sort de protection sur la porte arrière avant de la déverrouiller. Après avoir allumé les
lumières à l'arrière, j'ai regardé à travers le rideau de perles vers l'avant
pour confirmer que tout était calme.

Penelope s'était déjà installée sur un tabouret à côté de la table de
travail à l'arrière, posant nos cafés et plaçant les scones sur des
serviettes en papier. Après avoir enlevé ma veste et accroché mon sac à

main, je me suis assise à côté d'elle. — Alors, qu'est-ce qui t'amène ici ce matin ?

Elle m'a regardée avec un sourire, ses yeux verts pétillants. — J'ai pensé que je travaillerais sur quelques potions pour contrer cette folie des pâquerettes. Comme tu le sais, le pouvoir des fleurs coule dans les veines des Good, a-t-elle commenté.

— Donc il y a une potion pour contrer cela ? ai-je demandé en retour avant de prendre une gorgée de mon café.

Presque tous les sorciers et sorcières pouvaient lancer des sorts mineurs pour les plantes et les fleurs, mais la famille Good était connue pour avoir des membres avec des pouvoirs accrus.

Penelope a acquiescé. — Oui, il y a quelques sorts et potions à essayer, mais j'ai besoin d'un petit coup de pouce supplémentaire.

Elle s'est penchée, passant en revue les rangées de bocaux et de bouteilles sur le mur d'étagères étroites au-dessus de la table de travail. Nous vendions beaucoup de potions déguisées en remèdes à base de plantes. De crainte que vous ne vous inquiétiez, celles que nous vendions ne contenaient qu'une touche de magie, et uniquement bénéfique. Comme ça, nous avions beaucoup d'ingrédients pour les potions. J'avais souvent des membres de la famille et d'autres personnes qui s'arrêtaient pour faire un peu de travail ici afin de préparer des potions. C'était simplement pratique.

Après avoir sélectionné quelques bocaux, je l'ai regardée se mettre au travail tout en sirotant mon café et en grignotant mon scone. Magic Beans faisait de délicieux scones. Les myrtilles offraient de petites explosions de douceur acidulée parmi les autres saveurs subtiles.

Penelope ne passait pas à la boutique aussi souvent que ma tante Lea. Peut-être parce que Lea avait dirigé le magasin pendant des années et ne m'avait confié les rênes que l'été dernier, lorsque j'étais revenue m'installer en ville.

— Alors quel sort peux-tu lancer ? ai-je demandé pendant qu'elle préparait quelques potions.

— Eh bien, le défi ici est de déterminer quoi cibler. Il existe des sorts qui affectent la croissance des fleurs. Mais... Elle a fait une pause, fronçant les sourcils en prenant une gorgée de café. — C'est juste bizarre. Le ciel fait pleuvoir des pâquerettes et elles poussent comme des folles. Je ne pense pas qu'il s'agisse simplement d'un problème de croissance. Ce n'est certainement pas notre seul problème. J'essaie de penser à des potions et à des sorts qui fonctionnent avec la météo, ainsi que certains pour moduler la croissance des plantes. C'est une affaire délicate, a-t-elle expliqué en pinçant les lèvres et en regardant les herbes qu'elle avait sorties des étagères.

— Sans blague. Des idées sur qui pourrait être responsable ?

Penelope haussa les épaules tout en versant soigneusement un liquide — une quantité très diluée d'alcool que nous utilisions comme base pour de nombreuses potions — dans un bocal. — Je ne suis pas sûre. Je parlais avec ta mère au téléphone hier soir, et nous commentions qu'il devait s'agir de plusieurs sorciers et sorcières travaillant ensemble. Il y a trop de pouvoir en jeu.

— As-tu vu le reportage hier soir ? ai-je demandé.

Elle a claqué la langue et saupoudré quelques morceaux d'herbes dans le bocal avant d'y visser soigneusement un bouchon. — Oui, je l'ai vu. C'est *vrai* qu'il y a eu un autre incident signalé de ce genre en Écosse. Mais bon sang, c'était il y a des centaines d'années. Je suis sûre qu'il y aura beaucoup plus à discuter si nous ne parvenons pas à contrôler ces pâquerettes, a-t-elle dit en replaçant les bocaux d'ingrédients sur l'étagère au-dessus et en en descendant quelques autres, poursuivant son travail.

Tout ce qui était conservé ici était méticuleusement étiqueté. Penelope a changé de vitesse en commençant à mélanger une autre potion. — Comment se passent les préparatifs du mariage ?

Aussi agacée que je puisse être par les familles de Liam et la mienne — parce qu'elles étaient curieuses comme pas possible — Penelope était à peu près la moins curieuse. C'était un peu un esprit libre avec une attitude bienveillante envers tout. Ça ne me dérangeait pas de répondre. Ça ne m'aurait pas dérangée de répondre à qui que ce soit, mais collectivement, nos familles étaient envahissantes et avaient toutes sortes d'opinions sur mon futur mariage avec Liam. C'*était* une affaire importante. Ce n'est pas que je ne le prenais pas au sérieux. Croyez-moi, si vous étiez inquiet de bouleverser le destin, vous le prendriez au sérieux aussi.

— Ça avance bien, ai-je finalement dit. — Je ne suis pas sûre de combien de personnes se déplaceront pour le mariage, donc j'imagine que la fête de Noël prochain pourrait être un événement encore plus grand.

Penelope a pris une gorgée de son café et s'est tournée vers moi, une lueur dans les yeux. — Je sais. Je serai là, bien sûr, mais je dois dire que vous deux avez été intelligents.

— Ah bon ?

— Absolument. De cette façon, ce ne sera pas un grand truc. Je suis tout à fait d'accord sur le fait que vous *devez* vous marier, mais je n'ose pas imaginer que la pression soit agréable. Dieu merci, Liam est beau garçon.

J'ai failli m'étouffer avec mon café à cette remarque, secouant la tête avec un sourire. Un léger bruit de coups à l'avant du magasin nous est parvenu, et j'ai regardé ma montre. — Je dois ouvrir. Tu peux rester ici aussi longtemps que tu veux.

Avec un geste de la main, j'ai traversé le rideau de perles vers l'avant. L'agencement de la boutique de cadeaux était assez simple. L'espace arrière était bordé d'étagères et de rangements, ainsi que d'un petit espace de travail pour la préparation des potions et l'étiquetage des articles. À travers un rideau de perles — oui, un rideau de perles — se trouvait la partie avant de la boutique. Juste après la porte se trouvait un comptoir d'exposition avec la caisse enregistreuse sur un côté. Un comptoir étroit longeait chaque côté de l'entrée contre le mur pour créer un espace de travail et d'emballage de cadeaux si nécessaire.

Les vitrines avant de la boutique donnaient sur Charming Way et la place du village. Avec la caisse d'un côté de la boutique, le reste de l'espace ouvert était rempli de présentoirs, de vitrines à bijoux et d'étagères contenant divers articles-cadeaux. Nous vendions beaucoup de cadeaux mignons pour plaire aux touristes, ainsi que des potions étiquetées comme remèdes à base de plantes. Les bijoux que nous vendions étaient légèrement imprégnés de magie positive. Nous proposions également divers autres articles mignons dans le thème d'un magasin New Age, y compris des baguettes magiques décoratives, des cartes de tarot et autres.

Bien que le magasin de ma famille existe depuis plusieurs siècles, l'explosion de l'intérêt pour la spiritualité et les articles New Age avait fait grimper les profits en flèche. Notre boutique était similaire à de nombreuses boutiques mignonnes qui s'adressaient à la clientèle des cadeaux, à l'exception près que ce que nous vendions pouvait contenir de la vraie magie. Le fait que les touristes puissent acheter des potions comme *L'Amour fait tourner le monde* et *Tu es en colère contre quelqu'un ? Brise cette bouteille* et qu'elles semblent fonctionner, eh bien... cela nous rendait assez populaires. De nombreux magasins à Charm Cove appartenaient à des sorcières et des sorciers, et tous utilisaient leurs compétences uniques pour charmer les clients.

Me dépêchant vers la porte vitrée à l'avant du magasin, j'ai vu Beatrice Powers sourire à travers celle-ci. Je l'ai déverrouillée et j'ai retourné l'écriteau accrochée contre le verre pour afficher *Ouvert* tout en allumant les lumières à l'avant. Beatrice venait d'une famille de sorcières très puissantes. Elle n'était pas tout à fait aussi active en termes d'utilisation de ses pouvoirs, bien qu'elle soit extrêmement puissante. Elle avait tendance à rester discrète, bien que j'aie appris qu'elle savait généralement à peu près tout. Sa famille avait déménagé à Charm Cove lors de la première vague de familles de sorciers qui avaient suivi les Wickeds et les Goods ici. Elle vivait dans l'une des maisons originales de sa famille au coin de la place du village.

J'ai souri en ouvrant la porte, la regardant écarter du pied quelques pâquerettes tandis qu'elle entrait dans le magasin. — Bonjour encore, Moira. Elle portait toujours sa tenue de marche sportive : des leggings en polaire ajustés avec des chaussures de marche haut de gamme et un T-shirt bleu vif avec un gilet en polaire gris léger. Elle était très élégante.

La clochette a tinté lorsque la porte s'est refermée derrière elle. — Bonjour, Beatrice. Qu'est-ce qui t'amène ici si tôt ?

— Je pensais m'arrêter pour voir si tu savais quelque chose. Ces satanées pâquerettes me rendent folle quand je marche. Elles craquent sous mes chaussures et il y en a tellement que je ne peux même pas vraiment envisager d'essayer de les écarter du pied. D'autres continuent de tomber, a-t-elle expliqué, agitant les mains en l'air tandis qu'elle me suivait jusqu'à la caisse.

J'ai contourné le comptoir et allumé notre ordinateur tout en la regardant. — J'aimerais savoir quelque chose, mais je ne sais rien. As-tu entendu quelque chose ?

— Juste rumeur après rumeur. Je vais aller voir la mère de Liam cet après-midi. Si elle ne l'a pas déjà fait, j'ai l'intention de lui demander de commencer à rechercher les familles de sorcières qui ont le pouvoir des fleurs le plus puissant.

Beatrice faisait référence à Alice Good. Alice était considérée comme une experte en généalogie des sorciers et sorcières, pas seulement à Charm Cove, mais dans le monde entier. Elle connaissait souvent les choses par cœur. Pour des problèmes pertinents comme celui-ci, j'imaginais qu'elle serait plongée dans ses livres d'histoire pour approfondir. Elle avait des registres qui avaient été tenus par ses ancêtres au cours des siècles. Tout était documenté sur les arbres généalogiques des sorcières et les pouvoirs qu'ils transmettaient à travers les familles.

Le pouvoir des fleurs, comme je l'ai déjà mentionné, était assez courant. Mais ce qui se passait avec les pâquerettes en ce moment était plus qu'un simple pouvoir des fleurs. Il y avait beaucoup plus que cela impliqué pour faire pleuvoir des fleurs du ciel.

— As-tu l'intention d'aller au phare ce soir ? ai-je demandé à Beatrice.

— Bien sûr, ma chère. Je ne manquerais pas une réunion comme celle-là.

Faisant un geste par-dessus mon épaule, j'ai dit : — Penelope est ici aussi. Elle travaille sur quelques potions pour voir si elle peut contrer ce qui se passe. Elle pense que quiconque a fait cela utilise une combinaison de pouvoir des fleurs et de pouvoir météorologique.

Beatrice a hoché la tête, haussant un sourcil. — Penelope a la bonne idée. Je suis d'accord. Beatrice s'est penchée en avant par-dessus le comptoir, baissant la voix. — Je suis juste un peu inquiète que Penelope essaie de contrer cela. Tu sais à quel point ses sorts peuvent devenir bizarres.

J'ai retenu un rire. Penelope, aussi chère soit-elle, s'était bien amusée pendant l'apogée des années 60 et 70, prenant toutes les drogues qui passaient. Du moins, c'est ce qu'on m'avait dit, étant donné que cela s'était produit avant même ma naissance. En conséquence, parfois sa magie était un peu instable. La théorie sur la façon dont cela s'était produit était qu'au milieu de toutes les fêtes qu'elle avait faites, Penelope était devenue un peu sauvage avec sa magie, affectant de façon permanente la magie elle-même. Cela dit, elle était toujours assez puissante.

J'ai croisé le regard de Beatrice et haussé les épaules. — Espérons le meilleur. Habituellement, rien de grave ne se produit, ai-je proposé avec un haussement d'épaules.

Beatrice a ri. À ce moment-là, Penelope a traversé le rideau de perles, adressant un large sourire à Beatrice. — Eh bien bonjour, Beatrice, comment vas-tu ?

— Très bien. J'apprends de Moira que tu as quelques idées sur la combinaison de pouvoirs utilisés pour créer ce désordre de pâquerettes. Je pense que tu es sur la bonne voie. Fleurs et météo. Un autre client est entré à ce moment-là, et Beatrice a rapidement changé de sujet pour une conversation bénigne sur les pâquerettes.

En quelques instants, la boutique était bondée de touristes. Il n'y avait définitivement plus le temps de bavarder. Penelope et Beatrice sont sorties ensemble en me faisant signe de la main en partant. Je me demandais quand Penelope avait l'intention d'essayer de lancer la combinaison de sorts et de potions qu'elle avait concoctés. J'espérais certainement que ça marcherait.

CHAPITRE QUATRE

La journée passa rapidement. J'eus à peine le temps de respirer, encore moins de prendre une pause. Persnickety Potions & Gifts était absolument bondé. On se serait cru en plein été, lors de notre journée la plus chargée de l'année.

Mes jeunes cousines jumelles, Celia et Delia, sont venues aider cet après-midi après l'école. Elles étaient mes seules employées. Comme moi et de nombreux autres cousins, elles avaient passé la majeure partie de leur enfance à entrer et sortir du magasin. Étant donné qu'elles avaient travaillé pour leur mère, Lea, lorsqu'elle gérait la boutique avant moi, la transition vers un emploi sous ma direction s'était faite en douceur.

En tant que jumelles identiques, elles avaient les mêmes cheveux noirs, des yeux bleus pétillants et des joues rondes et roses. Elles étaient trop mignonnes pour leur propre bien. À quatorze ans, toutes deux manifestaient parfois un caractère rebelle, mais elles étaient généralement de nature douce et gentille. Les jumelles étaient les plus jeunes de notre génération et avaient tendance à être chouchoutées en conséquence.

Cet après-midi-là, elles sont arrivées essoufflées en atteignant le comptoir.

— Les pâquerettes n'arrêtent pas de tomber, expliqua Delia.

— Et maintenant, il y en a des roses, ajouta Celia.

— Quoi ? répondis-je.

— Exactement comme elle l'a dit, intervint une cliente en s'approchant du comptoir. Des pâquerettes roses tombent maintenant aussi.

La femme me tendit alors une pâquerette rose par-dessus le comptoir avec un large sourire.

J'avalai ma salive et parvins à lui rendre son sourire.

— Wow. C'est joli.

Je gardai ma prochaine inquiétude pour moi. Je craignais que, quoi que Penelope ait fait, cela ait d'une manière ou d'une autre rendu les pâquerettes roses, car c'était exactement le genre de chose qui pouvait mal tourner avec un de ses sorts. Me ressaisissant mentalement, je me concentrai sur la cliente, l'encaissant rapidement tout en bavardant poliment à propos du temps, des pâquerettes et d'autres endroits où faire du shopping en ville.

Celia et Delia passèrent derrière le comptoir pour ranger leurs sacs à dos à l'arrière et revinrent à l'avant pour aider avec les clients. Leur présence me donna un peu de marge de manœuvre. Je m'occupais de la caisse pendant qu'elles déambulaient entre les présentoirs et les groupes de clients, disponibles pour répondre aux questions et aider à trouver des articles. Pendant une brève accalmie à la caisse, j'ai saisi mon téléphone et envoyé rapidement un texto à ma cousine Emma. Emma est la grande sœur de Celia et Delia.

Tu as vu les pâquerettes roses ? OMG.

La réponse d'Emma fut rapide. *Oh oui. Maintenant Charm Cove n'est plus seulement couverte de pâquerettes, mais de pâquerettes roses. Que Dieu nous vienne en aide.*

J'étouffai mon rire. *On se voit ce soir au phare ?*

Bien sûr. J'ai hâte. ;)

En reposant mon téléphone, je souris à une cliente qui s'approchait avec une bague à charme qu'une des jumelles l'avait aidée à choisir. La femme la posa sur le comptoir, me souriant.

— Ma fille va adorer. J'aime beaucoup cette jolie pierre bleuc au milieu.

— C'est une bague magnifique, répondis-je.

— J'ai entendu dire que les bijoux ici sont assez spéciaux, dit la femme, se penchant en avant et parlant sur un ton de confidence.

Je gardai un sourire neutre.

— Eh bien, nous essayons certainement de trouver le meilleur pour nos clients. Nous travaillons directement avec des bijoutiers, principalement dans la région de Portland, mais aussi dans quelques autres endroits. J'espère que votre fille l'aimera. Voulez-vous que je l'emballe ?

Je n'allais certainement pas révéler que la bague avait été imprégnée d'un sort pour remonter le moral de celui qui la porte. C'était totalement inutile. À son hochement de tête, j'ai emballé la bague dans une boîte décorative et j'ai salué la cliente d'un signe de la main après qu'elle ait payé.

Tandis que je la regardais partir par la porte, mon regard se porta au-delà d'elle vers le parc municipal de l'autre côté de la rue. L'épaisse couche de pâquerettes blanches au sol était maintenant mêlée de pâquerettes roses. J'avais envie de rire hystériquement, mais je ne pouvais pas me défaire de mon inquiétude.

Charm Cove avait œuvré pendant des siècles pour masquer la présence des nombreux sorciers et sorcières qui y résidaient. En temps de troubles, ou lorsque des rumeurs couraient, nous avions utilisé nos pouvoirs pour cacher notre existence même. Malgré la popularité actuelle de tout ce qui touche au surnaturel et les gens qui font diverses choses pour se connecter à leurs « vrais » pouvoirs, je savais que nous n'étions pas en sécurité si notre ville attirait trop l'attention.

Avec des pâquerettes qui poussaient comme des folles et tombaient du ciel, il était certain que les rumeurs allaient déjà bon train. Cet événement ne ferait qu'alimenter les vieilles rumeurs et mythes et attiser les flammes des commérages.

Après avoir fermé la boutique, j'ai lancé un sort de protection sur les entrées avant et arrière et j'ai attendu Liam devant. Celia et Delia devaient nous accompagner au phare. Leurs parents les ramèneraient à la maison de là-bas. Delia ramassa quelques pâquerettes sur le trottoir — elle avait des centaines de choix — et les tissa en une petite couronne. Elle la posa sur sa tête avec un grand sourire.

— Tu vois ? dit-elle en levant les mains et en tournoyant.

Celia gloussa et ramassa son propre bouquet de pâquerettes, qu'elle tressa dans ses cheveux. Tout ce que je pouvais faire, c'était rire, bien que cela fut de courte durée. J'étais contente qu'elles y trouvent de la joie. Je ne voulais pas gâcher leur plaisir, mais je ne pouvais pas empêcher mon inquiétude de revenir au premier plan de mes pensées. Bien que la situation des pâquerettes ne semblait faire de mal à personne, nous devions comprendre ce qui se passait.

Delia baissa les bras, son regard devenant plus grave.

— Tu as l'air inquiète. Tout comme notre maman. Pourquoi ? demanda-t-elle. Les pâquerettes ne font de mal à personne.

J'haussai les épaules.

— Tu as raison, les pâquerettes ne font de mal à personne, mais nous devons être prudentes. Cela attire beaucoup l'attention sur Charm Cove.

Celia soupira, l'air morne.

— Parfois, c'est difficile d'être une sorcière. On doit garder beaucoup de secrets.

—Je sais. Crois-moi, je sais, répondis-je.

Bien que la foule dans les rues se soit un peu amincie, il y avait encore beaucoup de gens qui flânaient. Les restaurants et les cafés étaient encore ouverts, et quelques boutiques avaient décidé de rester ouvertes pour profiter de l'affluence inattendue.

J'aperçus la voiture de Liam qui roulait lentement dans la rue, évitant soigneusement les touristes qui ignoraient allègrement les passages piétons. Il s'arrêta juste devant l'endroit où nous attendions sur le trottoir. Une fois montées, Liam se pencha par-dessus le siège pour m'embrasser sur la joue avant de mettre la voiture en route et de descendre Charming Way.

Lorsqu'il atteignit le panneau d'arrêt avant de tourner sur la route qui longeait la côte et nous mènerait au phare de Beacon's Charm, une pluie de pâquerettes roses tomba du ciel. Elles tombèrent sur la voiture. Liam croisa mon regard, secouant la tête tout en actionnant les essuie-glaces pour dégager le pare-brise.

CHAPITRE CINQ

Après un court trajet, nous nous sommes garés devant le phare, de l'autre côté de la rue. Le phare avait des pâquerettes sur le toit, dont quelques-unes s'envolèrent avec une rafale de vent venant de l'océan. Une fois que Liam eut garé la voiture, je me suis arrêtée à l'extérieur du phare pour admirer la vue. Le sol était décoré de rose et de blanc. Des pâquerettes recouvraient le sable et flottaient dans les vagues au bord du rivage, ne se dispersant qu'à environ six mètres dans l'eau.

— Je voudrais que l'océan soit assez chaud pour se baigner, dit Celia en s'arrêtant à côté de moi.

— On n'est qu'en mai, Celia. Donne-lui encore un mois ou deux, répondis-je.

Liam gloussa, attrapant ma main dans la sienne alors que nous nous tournions pour entrer, gravissant l'escalier en colimaçon jusqu'au sommet du phare.

Le phare avait été détenu conjointement par les familles Wicked et Good depuis environ un siècle. Avant cela, il avait changé de mains entre les deux familles à plusieurs reprises. Il avait été déclaré monument national, bien que nous le détenions dans une fiducie privée pour protéger le terrain. C'était un véritable phare qui fonctionnait réellement. Nous étions tous soulagés que l'agitation des fêtes de fin d'année concernant le sort du phare qui avait été brisé soit résolue.

Quand nous sommes arrivés en haut, nous avons trouvé pas mal de personnes déjà présentes. Le phare était un lieu de rassemblement courant lorsque nous avions besoin de discuter de quoi que ce soit de privé entre familles de sorcières. Le phare avait été construit par la famille Wicked, chaque élément de construction étant imprégné de magie. Avec cette quantité de pouvoir dans sa construction, tous les sorts lancés à l'intérieur ou à proximité avaient beaucoup plus de puissance que d'habitude. Lors de rassemblements comme celui-ci, nous pouvions lancer des sorts de protection pour préserver les informations et avoir foi qu'ils tiendraient.

En regardant autour de moi, j'ai vu mes parents assis sur deux chaises à l'avant, discutant avec Opal Good, une tante éloignée de Liam, et son mari, Theo. Penelope servait du punch aux invités depuis une table installée dans un coin. Lea et Jacob étaient assis seuls, parlant à voix basse. Lea s'est levée quand elle a vu Celia et Delia et s'est précipitée pour les serrer dans ses bras.

— Bonjour, les filles, dit-elle, lançant un sourire et soufflant un baiser vers Liam et moi.

Elle ouvrit la bouche comme pour en dire plus, mais fut interrompue par Beatrice Powers qui entrait dans la pièce derrière nous. — Bonjour, Beatrice, dit-elle, son attention immédiatement détournée.

Zoe était dans le coin avec Emma et son petit ami, Jackson. Liam attrapa à nouveau ma main et me tira dans cette direction. M'asseyant sur la chaise à côté de Zoe, j'ai regardé autour de moi avant de me tourner vers Emma et Zoe. — Eh bien, ça se remplit vite. Des nouvelles ?

Emma haussa les épaules, tandis que Zoe répondit : — Ça dépend de ce que tu considères comme des nouvelles. La théorie actuelle est que Louise – tu sais, cette vieille sorcière qui vit presque en dehors de la ville ? À mon hochement de tête, elle continua : — Eh bien, apparemment, elle est obsédée par les pâquerettes depuis des années. Donc tout le monde pense que c'est elle. Sans vouloir être difficile, je pense qu'il nous faut plus d'éléments pour avancer.

Emma leva les yeux au ciel. — Je ne sais même pas pourquoi nous avons cette réunion. Ce sera un tas de gens qui parlent alors que nous ne savons rien. Nous déciderons tous de nous réunir à nouveau après avoir plus d'informations.

Liam intervint : — C'est en supposant que personne n'a encore d'informations.

Après que plus de personnes se soient faufilées dans le phare, Opal s'est tenue à l'avant de la salle et a sifflé pour faire taire tout le monde. Outre plusieurs Wickeds et Goods des diverses branches de nos familles, un certain nombre d'autres sorcières et sorciers avaient rejoint le rassemblement, y compris les Bishop qui dirigeaient le journal local et l'imprimerie de la ville, The Ink Spot, et l'un des Levesques, un parent éloigné de Daniel. Bien que le chef de la police de Charm Cove n'ait pas de pouvoirs surnaturels, il était apparenté à pas mal de sorcières et de sorciers. La mère de Zoe, Bets Baker, était également présente, ainsi que Tom Lewis, le vieux sorcier qui nous avait récemment aidés à résoudre les problèmes liés aux vols de sève d'érable.

Après quelques murmures, tout le monde s'est calmé. — Alors, commença Opal d'un ton ferme, au cas où quelqu'un l'aurait manqué, la ville est couverte de pâquerettes et maintenant elles deviennent roses. Inutile de dire que je suis sûre que nous sommes tous un peu préoccupés par l'attention que notre ville attire. Maintenant, nous avons les médias locaux et nationaux qui discutent de la prétendue réputation mystique de Charm Cove.

Penelope leva rapidement la main. Opal, qui avait tendance à diriger ces réunions comme une institutrice, hocha la tête. — Oui, Penelope ?

— Je pensais que je devrais annoncer que je crois être la raison pour laquelle les pâquerettes sont devenues roses, répondit Penelope avec un sourire chaleureux.

Il y eut quelques rires et murmures parmi le groupe, mais Opal lança un regard perçant sur la salle avant de revenir à Penelope. — Que s'est-il passé, Penelope ?

— Comme Moira peut en témoigner, je suis passée à la boutique ce matin parce que je pensais pouvoir essayer un sort pour contrer les pâquerettes. Comme vous le savez, notre famille a beaucoup de pouvoir sur les fleurs. Je me suis dit que ce qui cause cela doit être un sort combiné – quelque chose à voir avec les fleurs et la météo. Je ne vois pas d'autre sort qui pourrait créer ce problème. Après avoir mélangé quelques potions pour accompagner un sort, je l'ai lancé. Au bout d'une heure ou deux, les pâquerettes ont commencé à devenir roses. Elle croisa les mains sur ses genoux et haussa les épaules avec un sourire penaud.

Il n'y avait aucun moyen de savoir vraiment si c'était ce qui avait fait tourner les pâquerettes au rose, mais c'était exactement le genre de chose qui avait tendance à se produire quand Penelope utilisait la magie. Ça fonctionnait, mais pas toujours comme prévu.

Opal hocha à nouveau la tête. — Eh bien, merci. Je suppose que nous pouvons tous être reconnaissants qu'aucun mal ne soit venu de ton sort. Je dois dire cependant que je pense que tu es sur la bonne voie en ce qui concerne le sort qui a été lancé pour que cela se produise. Je suppose qu'aucun d'entre nous n'y est pour quelque chose, sinon vous ne seriez pas ici. Bien sûr, nous n'avons invité que des personnes que nous savions être dignes de confiance, et nous n'avions pas à nous inquiéter qu'il puisse y avoir des affaires de magie louches en cours. Quelqu'un a-t-il des suggestions ? C'est le moment de parler si vous avez entendu des rumeurs, ou si vous avez des idées sur qui aurait pu vouloir faire cela et pourquoi.

Lea se leva pour rejoindre Opal à l'avant. Elles avaient tendance à se pousser l'une l'autre pour savoir qui dirigeait ces réunions. Je ne pouvais pas imaginer Lea permettre à Opal de tout diriger. Les cheveux majoritairement argentés de Lea étaient détachés ce soir, plutôt que dans sa tresse habituelle. Elle était habillée de manière typique avec un chemisier blanc sur une longue jupe ajustée. Elle portait des bottines de marche en cuir pratiques. Son ensemble de bracelets tintait quand elle levait les mains pour parler.

— Penelope m'a parlé de ses idées. Je suis d'accord, ce doit être une combinaison de pouvoir des fleurs et de la météo. Nous devons déter-miner qui pourrait avoir assez de pouvoir pour réaliser quelque chose comme ça. C'est un peu gênant d'avoir des pâquerettes partout, mais sinon il ne semble pas y avoir de mal. Ma plus grande préoccupation est l'attention que la ville attire et les questions sur notre histoire, expliqua Lea.

L'un des Levesques prit la parole. — C'est vrai, c'était sur deux chaînes d'information nationale hier soir. Je ne sais même pas quoi en penser. Sur les réseaux sociaux... Elle fit une pause pour regarder autour d'elle. — Au fait, j'ai des comptes sur les réseaux sociaux et j'y prête attention. Quoi qu'il en soit, Charm Cove a été surnommé la Merveille des Pâquerettes du Monde, la nouvelle et huitième merveille du monde. Il y a des mèmes et des photographies partout. Bien que je sois d'accord pour dire que les pâquerettes roses ne sont pas plus préoccupantes que les blanches, maintenant on dirait que notre ville a été baignée de rose.

Opal acquiesça, tout comme Lea. — Nous sommes tous d'accord. C'est dans toutes les actualités. Il y a cent ans, nous aurions peut-être pu gérer cela et le garder local, mais il y a des journalistes qui volent vers Charm Cove de partout.

Une autre main se leva, celle de ma mère, Camille Wicked. Ma mère venait d'une longue lignée de sorcières et avait épousé un Wicked en se mariant avec mon père, Gabriel. En regardant à travers la salle, j'ai vu mon frère aîné, également Gabriel, entrer par la porte. Il contourna les chaises à l'arrière pour se glisser dans un siège à côté de Liam.

— Oui, Camille ? demanda Lea.

— Alice n'est pas là, mais nous devons lui demander de consulter tous ses registres sur les familles qui possèdent ces deux pouvoirs. Quoi qu'il en soit, c'est un sacré sort. Je ne pense pas qu'une seule personne l'ait lancé.

Opal hocha solennellement la tête. — Je suis tout à fait d'accord. Même dans une petite zone, cela aurait nécessité beaucoup de pouvoir. Mais cela dure depuis trois jours maintenant. Si ça continue, nous allons devoir utiliser les chasse-neige de la ville pour dégager les rues des pâquerettes. Sur certaines routes secondaires moins fréquentées, les pâquerettes font plusieurs centimètres d'épaisseur.

Celia leva la main, et je pouvais voir les questions pratiquement tourbillonner dans les yeux de sa mère. — Oui, ma chérie, qu'y a-t-il ? demanda Lea.

— Eh bien, quand nous étions à l'école aujourd'hui, une des filles a dit que sa grand-mère adore les pâquerettes. Penses-tu qu'elle aurait fait ça simplement parce qu'elle aime les pâquerettes ? Elle a même dit qu'elle aimait les voir partout.

— Et qui est-ce ? demanda Lea.

— Cette dame Louise, à la lisière de la ville. Elle ne vient plus jamais en ville, ajouta Celia.

Tom Lewis était assis à côté des jumelles. Il se pencha, et je pouvais le voir dire quelque chose aux filles. Elles le regardaient avec beaucoup d'admiration car il leur enseignait une magie plus avancée.

La conversation continua avec quelques autres suspects mentionnés, dont Isobel Martin. Avec tant de gens qui parlaient, j'ai perdu le fil de pourquoi quelqu'un la soupçonnait, mais j'ai senti que je devais intervenir. Levant la main, j'ai attendu qu'Opal me remarque. — Oui, Moira ?

— J'ai entendu mentionner le nom d'Isobel. Je ne pense pas qu'Isobel ait assez de pouvoir pour faire arriver cela. C'est vrai qu'elle est obsédée par le jardinage et pense qu'elle a un pouvoir sur les fleurs. Mais elle n'en a vraiment pas beaucoup, et elle n'est pas très douée pour l'utiliser, expliquai-je.

Isobel Martin était une personne sympathique et avait toujours le nez partout. C'était une sorcière, mais elle venait d'une famille sans beaucoup de pouvoir. Son pouvoir sur les fleurs – si on voulait l'appeler *pouvoir* – était tel que lorsqu'elle travaillait avec le club de jardinage local, elle avait plus tendance à tuer les choses qu'à les faire pousser.

Lea soupira et hocha lentement la tête. — C'est vrai. Je ne peux pas imaginer Isobel réaliser quelque chose comme ça.

— À moins qu'elle ne travaille avec quelqu'un d'autre, ajouta Opal.

La discussion continua avec diverses théories et spéculations échangées. Au moment où la réunion s'est terminée, quelques personnes ont été chargées de diverses tâches d'investigation, pour ainsi dire. Bien sûr, Alice Good avait déjà commencé ses recherches, selon Liam. Elle feuilletait des rames de documents anciens sur les familles de sorcières et les pouvoirs qui se transmettaient à travers les générations. Il semblait que la plupart de l'attention s'était concentrée sur Louise et Isobel. Je ne pouvais toujours pas croire qu'Isobel y était pour quelque chose, mais je ne voulais pas rejeter immédiatement cette possibilité.

Quand Liam et moi sommes rentrés à la maison ce soir-là, Ghost nous a accueillis à sa manière habituelle en sautant de l'étagère au-dessus de la porte pour rebondir sur l'épaule de celui qui était le plus proche. Ce soir, c'était la mienne. Après avoir atterri sur le sol, il fit un tour sur lui-même, sa queue glissant d'un côté à l'autre sur le sol en bois lustré. À ce moment-là, il avait une pâquerette violette dans la gueule.

— Oh mon Dieu, murmurai-je, en jetant un coup d'œil à Liam. Maintenant elles sont violettes aussi.

CHAPITRE SIX

Le lendemain matin, après avoir pris un café avec Liam et acheté un scone chez Magic Beans, je suis arrivée à la boutique pour découvrir qu'une des étagères de la réserve était tombée. J'ai tout rangé et me suis mise au travail, prévoyant d'aller au magasin de bricolage cet après-midi après l'arrivée des jumeaux qui me donneraient un coup de main.

Il y avait toujours des pâquerettes partout, et de plus en plus de touristes entraient et sortaient de la boutique, envahissant les rues. Entre deux clients, je consultais occasionnellement les actualités sur l'ordinateur. Des photos de Charm Cove s'étalaient à la une de la plupart des grands sites d'information. La nouvelle s'était répandue et les pâquerettes n'étaient pas près de disparaître. Des averses de pâquerettes continuaient de se produire toutes les quelques minutes.

Une fois les jumeaux arrivés pour l'après-midi, je me suis dirigée vers Hardware Charm pour rassembler ce dont j'avais besoin pour remonter l'étagère. En poussant la porte principale, j'ai pris une profonde inspiration en entrant. Ce magasin, comme presque tous ceux du centre-ville de Charm Cove, était installé dans une ancienne maison. Le rez-de-chaussée avait été transformé en quincaillerie avec un petit B&B à l'étage. Les propriétaires le louaient pendant la haute saison estivale.

Quelque chose dans cet espace me donnait l'impression de remonter le temps. Le plancher en bois d'origine et le plafond en étain estampé étaient toujours là, avec un ventilateur tournant paresseusement au-dessus. Les propriétaires avaient même conservé les étagères d'origine du magasin datant d'il y a, oh, quelques centaines d'années. Les étagères étaient en chêne, donc très robustes, patinées et lustrées par tant d'années d'utilisation.

Accrochant un panier à mon bras, j'ai déambulé dans les allées. En tournant dans une autre allée, j'ai aperçu Isobel Martin devant moi. Pour une raison quelconque, j'avais tendance à la croiser ici. Elle avait toujours quelque petit projet en cours. C'était le genre de quincaillerie où l'on trouvait pratiquement tout.

Isobel s'est retournée, a jeté un coup d'œil dans ma direction, un sourire illuminant son visage quand elle m'a vue.

— Salut, Moira ! Qu'est-ce que tu fais ici ?

Je me suis arrêtée à côté d'elle, qui se trouvait justement devant le rayon des vis, exactement là où je devais aller.

— Une étagère est tombée dans notre réserve, alors je dois la réparer. Rien de grave. Heureusement, la cloison n'a pas été endommagée, ai-je expliqué.

Les yeux bruns et ronds d'Isobel se plissaient aux coins quand elle souriait. Avec ses cheveux bruns bouclés courts, ses yeux bruns et sa silhouette légèrement ronde, elle dégageait une aura chaleureuse. Isobel adorait fourrer son nez partout, et elle est immédiatement entrée dans le vif du sujet.

— Alors, qu'est-ce que tu as entendu ? a-t-elle demandé, se penchant en avant et parlant dans un murmure théâtral.

Elle semblait complètement ignorer que son murmure était assez fort pour être entendu par n'importe qui autour de nous. Heureusement, personne ne se trouvait à proximité.

— Pas grand-chose. Et toi ?

Bien que je doutais sérieusement qu'Isobel ait quoi que ce soit à voir avec ce désordre de pâquerettes, je gardais cette possibilité à l'esprit. Elle était tellement déterminée à tout savoir que ça ne me surprendrait pas qu'elle se trahisse si elle y était pour quelque chose.

— Il y a des pâquerettes partout, c'est dingue. Hier, elles sont devenues roses et ce matin, j'en ai vu une violette. Je ne sais même pas quoi penser, a-t-elle dit, ses sourcils s'élevant si haut qu'ils ont presque disparu derrière sa ligne de cheveux.

— Je sais. C'est vraiment étrange. Et maintenant Charm Cove fait la une des journaux. Ça m'inquiète.

Isobel semblait un peu confuse, alors j'ai précisé :

— Tu sais, il y a des choses que nous préférerions garder sous le radar.

Isobel adorait se sentir incluse dans la communauté des sorcières. Elle était une sorcière et avait de nombreuses sorcières dans sa famille, mais au fil des ans, ils étaient tous restés à un niveau assez bas en termes de pouvoirs. Les sorcières pouvaient acquérir et développer des pouvoirs, mais elles devaient s'y consacrer. Généralement, les familles qui devenaient de plus en plus puissantes maintenaient ce pouvoir au fil des siècles. D'autres n'avaient simplement jamais eu la discipline nécessaire pour monter en niveau, pour ainsi dire.

Une lueur de compréhension est apparue dans les yeux d'Isobel, et elle a hoché la tête d'un air entendu comme si elle avait compris depuis le début.

— Oh oui, tu as raison. Je n'y avais pas vraiment réfléchi. Je trouvais ça plutôt amusant qu'on soit partout dans les infos.

Sa réponse m'a fait réfléchir. Isobel n'avait pas un gramme de méchanceté en elle, à moins de compter sa curiosité maladive. Pourtant, elle avait toujours souhaité être meilleure avec son pouvoir floral. Elle ne semblait pas avoir compris qu'elle devait s'entraîner — beaucoup — pour y parvenir. Je ne pouvais m'empêcher de me demander si elle avait accidentellement essayé un sort, et si ces pâquerettes devenues folles en étaient le résultat. Cela impliquerait aussi le pouvoir météorologique, bien plus complexe que le pouvoir floral. J'avais du mal à croire qu'Isobel connaisse quoi que ce soit au pouvoir météorologique. Soit cela l'excluait complètement, soit cela indiquait qu'elle avait été assez folle pour tenter un sort qui avait terriblement mal tourné.

— Si nous restons à la une, nous risquons d'avoir un problème.

— Oh mon Dieu.

Elle a posé sa main sur son cœur, son regard devenant solennel.

— Comment arrêter les pâquerettes ?

— Ton avis vaut bien le mien. Rends-moi service. Si tu entends quoi que ce soit, passe à la boutique pour me le faire savoir, d'accord ?

Isobel a hoché la tête et m'a serré le bras.

— Bien sûr. Tu as ma parole. Sinon, des nouvelles de la préparation de ton mariage ? Je regarde si je peux me permettre des billets pour l'Écosse, a-t-elle dit avec un sourire plutôt enthousiaste.

Les mariages de sorcières et sorciers à Charm Cove étaient essentiellement des invitations ouvertes. Je supposais que la même hypothèse était faite même si notre mariage était prévu en Écosse. Ça ne me dérangeait pas qu'Isobel vienne, mais ça me surprenait certainement.

— Ah bon ? Nous serions ravis. Tout le monde est le bienvenu.

— Tiens-moi au courant. Si je ne peux pas venir, je veux des photos, beaucoup, beaucoup de photos, a-t-elle dit en agitant son doigt vers moi. Je dois y aller, ma chérie. Je dois rentrer préparer le dîner.

Sur ces mots, elle a pris une petite boîte de clous et s'est précipitée dehors.

Après avoir rassemblé ce dont j'avais besoin pour l'étagère, je suis retournée à la boutique, me demandant quelles autres nouvelles nous allions entendre à propos des pâquerettes dans les jours à venir. Sur le chemin du retour, j'ai évité les touristes et j'ai soigneusement frayé mon chemin à travers les pâquerettes sur les trottoirs. Elles s'accumulaient dans les caniveaux, et j'ai vu l'un de nos camions municipaux faire sa tournée pour les dégager. J'imagine qu'ils n'avaient jamais prévu d'utiliser des chasse-neige pour ramasser des pâquerettes.

Je me suis arrêtée sur le trottoir de la place de la ville en face de Persnickety Potions & Gifts, attendant que plusieurs voitures passent.

— Moira Wicked ! a appelé une voix.

En regardant autour de moi, mes yeux se sont posés sur le journaliste que j'avais vu l'autre jour. Dale a fait un signe de la main, et j'ai répondu par un signe à mon tour, m'ordonnant de rester exactement où j'étais jusqu'à ce qu'il me rejoigne. Autant j'aurais voulu l'ignorer, autant je savais qu'il était plus important pour nous de contrôler le récit dans les médias. Nous aurions bien plus de problèmes si nous choisissions de l'ignorer.

— Bonjour, bonjour, Moira, a-t-il dit en s'arrêtant devant moi, ajustant la sangle de son appareil photo sur son épaule.

— Bonjour, ai-je dit poliment. Comment allez-vous, Dale ?

— Bien, bien, a-t-il répondu tout en sortant son téléphone et faisant défiler quelques notes. Est-ce que ça vous dérange si je vous enregistre ? a-t-il demandé, levant rapidement les yeux et remontant ses lunettes sur son nez.

J'ai été momentanément prise au dépourvu, bien que j'aurais dû m'y attendre. J'ai décidé d'accepter.

— Non, bien sûr que non. Que puis-je faire pour vous ?

Dale a touché quelques icônes sur l'écran de son téléphone puis l'a tenu entre nous. Je supposais qu'il avait commencé à enregistrer.

— Pour commencer, j'aimerais vous demander votre avis sur les rumeurs selon lesquelles Charm Cove serait remplie de sorcières et de sorciers. Je sais que cette question peut sembler ridicule, mais il y a certaines rumeurs sur cette ville. Étant donné qu'il y a des pâquerettes partout ici, vous conviendrez que c'est plutôt étrange. J'aimerais connaître votre point de vue là-dessus.

J'ai gardé une expression soigneusement neutre et ai souri poliment.

— Eh bien, je pense que c'est vraiment une rumeur amusante. Ceux d'entre nous qui sont originaires de Charm Cove adorent notre histoire fantaisiste. Il n'y a aucun moyen de savoir vraiment, n'est-ce pas ? En ce qui me concerne, je pense que c'est juste un peu de fun. C'est comme quand on entend parler de maisons hantées et ce genre de choses.

Dale a hoché la tête, semblant un peu insatisfait de ma réponse vague. Après un autre temps d'arrêt, il a demandé :

— Que pensez-vous du fait que cette ville compte des familles portant les noms de Wicked et Good ? Vous êtes une Wicked. Que savez-vous sur l'origine de ces noms de famille ?

On m'avait déjà posé cette question, alors j'avais une réponse toute prête.

— Les archives de notre ville montrent que les deux familles sont devenues amies il y a des siècles. Ces noms sont des variations de noms français et celtiques. Apparemment, les familles trouvaient ça amusant, rien de plus.

D'accord, c'était un mensonge éhonté, mais je m'y tenais.

Dale a acquiescé et poursuivi avec ses questions.

— Qu'en est-il des rumeurs selon lesquelles plusieurs familles d'ici seraient originaires de Salem, Massachusetts, et auraient déménagé ici pour échapper à l'hystérie des sorcières de l'époque ?

Encore une question que j'avais déjà entendue. Pas d'un journaliste, à proprement parler, mais de personnes curieuses de l'histoire de Charm Cove.

— Comme vous le savez, du moins d'après ce que nous disent les livres d'histoire, les familles s'établissaient partout en Nouvelle-Angleterre à cette époque. Évidemment, je n'étais pas en vie à ce moment-là, mais ce n'est pas particulièrement inhabituel que des familles parties de la région du Massachusetts se soient installées dans le Maine. C'est magnifique ici, et l'exploration était courante à cette époque. Je ne sais certainement rien d'autre que cela. J'ai entendu la même rumeur. Peut-être que Charm Cove a été un peu trop tolérante envers ces histoires parce qu'elles sont amusantes, ai-je expliqué.

J'ai réussi à hausser les épaules et à sourire banalement à nouveau.

Une fois de plus, Dale semblait insatisfait de ma réponse, mais je ne mordais pas à l'hameçon et n'offrais rien de plus.

— Selon vous, qu'est-ce qui a causé ces pâquerettes ?

Alors qu'il parlait, un autre journaliste est apparu avec une caméra, au moment même où une rafale de pâquerettes tombait du ciel, un mélange de blanches, roses et quelques violettes.

Mon Dieu.

— C'est autant un mystère pour les habitants de Charm Cove que pour tout le monde, ai-je proposé, pestant mentalement contre les pâquerettes tout en gardant un sourire poli plaqué sur mon visage. Si ça ne vous dérange pas, je dois vraiment aller travailler.

Dale m'a remerciée, et j'ai poursuivi mon chemin, gardant la bouche fermement close. Nous avions besoin que ces pâquerettes *cessent* de tomber du ciel dès que possible.

Je priais pour que les journalistes évitent d'une manière ou d'une autre certains des habitants de Charm Cove aux théories les plus conspirationnistes. Bien que les sorcières et sorciers soient majoritaires dans la ville, il y avait des résidents qui n'avaient absolument aucun pouvoir surnaturel. Certains de ceux qui n'en avaient pas connaissaient notre existence et étaient favorables à notre présence, tandis que d'autres avaient toutes sortes de théories sournoises à notre sujet et ne restaient en ville que parce que l'économie était florissante et qu'ils voulaient en tirer profit. Il ne leur venait jamais à l'esprit de se demander pourquoi notre économie était toujours prospère, quoi qu'il arrive ailleurs.

Parfois, j'avais envie de les remettre à leur place et de leur révéler la vérité sur leur chance. Sans qu'ils le sachent, ils étaient bénis par la magie des sorcières et des sorciers qui leur apportait une grande fortune dont ils s'attribuaient tout le mérite. Mais je ne l'ai jamais fait. Je savais qu'il valait mieux garder la bouche bien fermée.

Me frayant un chemin parmi les touristes qui encombraient les rues et écartant les pâquerettes d'un coup de pied, je suis arrivée à la porte de Persnickety Potions & Gifts, entrant dans une boutique bondée. Me précipitant vers l'arrière, j'ai déposé les articles de Hardware Charm et suis immédiatement retournée à l'avant pour aider les jumeaux.

CHAPITRE SEPT

Le lendemain soir, sans avoir progressé sur l'identité du responsable des pâquerettes, Liam et moi avons dîné avec ses parents. Nous le faisions souvent, avec ma famille et d'autres proches. Ce soir-là, notre groupe était plus restreint et nous avons profité du repas dans la cuisine, à la table du fond.

Les fenêtres offraient une vue sur l'océan. Comme mes parents, la famille de Liam possédait une propriété sur une falaise. Le littoral rocheux était d'une beauté à couper le souffle et offrait une vue infinie sur l'océan Atlantique.

J'ai étalé du beurre sur une tranche de pain fraîchement cuit et me suis adossée à ma chaise, jetant un coup d'œil à Alice, la mère de Liam. Liam avait hérité des yeux bleu profond et des cheveux noir de jais de sa mère. « Du nouveau dans tes recherches ? » ai-je demandé.

Alice a haussé les épaules, le regard préoccupé. « J'ai fait quelques recherches, mais je n'ai pas trouvé grand-chose pour nous aider. Le pouvoir floral est assez courant, ce qui ne facilite pas les choses. »

Juliette, la sœur de Liam et une vieille amie, était assise en diagonale face à moi. Elle avait la même coloration que son frère et sa mère et a affiché un sourire ironique. « Je sais qu'on s'inquiète de toute l'attention que reçoit Charm Cove, mais il faut admettre que c'est complètement ridicule. Il y a des pâquerettes *partout*. On se croirait dans un mauvais film de science-fiction. Les pâquerettes sont les fleurs les moins effrayantes auxquelles je puisse penser, mais elles envahissent tout. »

William, le père de Liam, a regardé Juliette et a légèrement souri. « C'*est* ridicule, mais si cette attention persiste, nous pourrions avoir du mal à gérer l'histoire. »

« J'ai été interviewée hier sur la place du village quand je revenais à la boutique après une course, » ai-je ajouté. « Je me disais que ce serait peut-être une bonne idée que quelques personnes se portent volontaires pour des interviews. Je crains que si nous ne le faisons pas, certaines personnes portées sur les théories du complot finissent par propager des rumeurs comme des petits pains. La dernière chose dont nous avons besoin, c'est davantage de rumeurs aux informations nationales. »

Liam a acquiescé tout en finissant de mâcher un morceau de pain. « Je pense que c'est une bonne idée. »

« Absolument, » a ajouté Alice. « Je parlerai à Opal demain. Elle adorerait certainement le faire. Je ne veux pas proposer une interview parce que trop de gens savent que j'étudie la généalogie. Je préfère éviter de me retrouver dans une situation où je devrais mentir devant la caméra. »

Juliette a ri. « Mon Dieu, pour une fois maman ne veut pas être l'experte. »

Prenant une gorgée de vin, j'ai regardé Alice. « Concernant ce que tu as cherché, as-tu des pistes pour certaines familles ? »

Alice a posé sa fourchette et repoussé son assiette. « Eh bien, comme nous le savons tous, le pouvoir floral est incroyablement répandu. Il est présent dans pratiquement toutes les familles de sorcières. Ce que j'ai cherché, ce sont des personnes, à n'importe quelle génération, connues pour avoir un pouvoir floral supérieur à la moyenne. Jusqu'à présent, trois familles apparaissent sur notre radar. La famille Good, mais pas de mon côté puisque j'y suis entrée par mariage. Ce pouvoir traverse définitivement la famille, » a-t-elle dit, jetant un regard à William qui a simplement haussé les épaules. « Au-delà des Good, une surprise a été la famille d'Isobel Martin. Pas la famille de son mari, mais la sienne. Vous savez qu'elle a gardé son nom de jeune fille. »

« Est-ce que cela arrive souvent ? » ai-je demandé. Les femmes des familles Wicked et Good étaient connues pour garder leur nom de jeune fille. Pas toutes, mais suffisamment pour que ce soit remarquable. C'était une question que je me posais moi-même, mais que je comptais garder jusqu'à ce que je doive décider.

Alice a hoché la tête. « Ce n'est certainement pas inhabituel. Pour en revenir à mon propos, Isobel avait une arrière-grand-mère qui était très puissante en ce qui concerne les fleurs et les plantes. Il n'y a aucune trace qu'elle ait fait quoi que ce soit de comparable à ce fiasco de pâquerettes, mais son pouvoir floral était réputé exceptionnel. Ça a attiré mon attention surtout parce que sa famille n'est pas connue pour avoir des pouvoirs notables dans quelque domaine que ce soit. Que cela nous apprenne quelque chose ou non, je ne sais pas. On en a un peu parlé l'autre soir lors de la réunion. »

J'ai fait tourner mon verre de vin presque vide entre mes doigts, réfléchissant à cela. « J'ai croisé Isobel chez Hardware Charm. La seule chose qui m'a fait m'interroger, c'est qu'elle ne semblait pas avoir réalisé que les sorcières et les sorciers devraient s'inquiéter de voir Charm Cove sous les feux de l'actualité comme ça. Quand j'ai mentionné mes inquiétudes, elle a été surprise. Je ne pense pas qu'Isobel ferait quelque chose de délibérément nuisible. Elle est un peu tête en l'air, alors peut-être qu'elle essayait de faire quelque chose d'amusant et que tout a dérapé. »

« Quand il s'agit d'Isobel, c'est certainement une possibilité, » a ajouté Juliette.

« Quelle est l'autre famille ? » a demandé Liam.

« La famille Wildes. Je sais qu'il y a déjà des soupçons concernant Louise Wildes parce qu'elle est puissante et qu'elle adore les pâquerettes. Ici et là, au fil des générations, des membres de sa famille ont réalisé des choses assez remarquables avec les fleurs. Au mariage de sa grand-mère — ça remonterait à deux générations — ils ont utilisé la magie pour créer un treillis entier de fleurs et une arche sous laquelle ils ont marché.

« C'était plutôt magnifique. Je ne l'ai jamais oublié parce que nous sommes allés à leur mariage. Mes parents y sont allés et m'ont emmenée. J'étais une petite fille et je trouvais que c'était la chose la plus extraordinaire qui soit. À part ces familles, rien d'autre de remarquable n'est apparu. Comme ils l'ont mentionné aux informations, il y a eu un incident similaire enregistré en Écosse il y a plusieurs siècles. Aucun nom n'est mentionné dans ces archives, ce que je trouve intéressant. Je me demande s'ils ont délibérément omis cette information pour éviter les spéculations à l'avenir. »

« Est-il possible que quelqu'un de notre famille ait pu faire ça ? » a demandé Liam.

William a haussé les épaules. « Pas dans notre famille proche, mais nous avons une énorme famille élargie. Tu as des cousins au troisième et quatrième degré partout dans le monde et ici à Charm Cove. Les gens font des choses étranges, alors je n'écarterais jamais cette possibilité. »

« Je suis toujours encline à penser que celui qui a fait ça n'essayait pas de faire quelque chose de nuisible. Mis à part la nuisance des fleurs partout, le seul problème est l'attention et les questions sur l'histoire de Charm Cove, » ai-je ajouté.

« Tout à fait, » a confirmé Alice. Elle s'est levée et a commencé à débarrasser la table. Je l'ai rejointe pour aider à nettoyer, suivie par Juliette.

Après nous être dit bonne nuit, Liam nous a ramenés à la maison dans la soirée. Avec le printemps bien installé, les jours étaient plus longs et le soleil ne se couchait pas si tôt. Les reflets du coucher de soleil derrière nous se projetaient sur l'océan, un subtil miroitement orange et rouge à la surface de l'eau.

Les parents de Liam vivaient à seulement quelques kilomètres de notre domicile actuel sur la propriété de ma famille. Liam possédait un terrain adjacent à celui de ses parents, mais il devait encore y construire une maison. Pour l'instant, j'étais soulagée que nous ayons notre propre espace dans la dépendance. En marchant à travers les pâquerettes aplaties vers notre maison, j'ai jeté un regard en arrière, commentant à Liam : « Elles ne semblent plus tomber autant. Tu as remarqué ? »

« Oui. Ce matin était le premier où nous n'avions pas une nouvelle couche partout, datant de la veille, » a-t-il répondu en sortant les clés de sa poche et en déverrouillant la porte.

Ghost est arrivé en courant par-dessus les pâquerettes écrasées, nous dépassant pour se précipiter à l'intérieur, telle une traînée blanche.

« Je pense que j'appellerai Emma demain pour aller rendre visite à Louise Wildes, » ai-je mentionné en retirant mes sabots et en accrochant ma veste près de la porte.

Liam a fait de même, me regardant, les yeux plissés. « Tu ne vas rien faire de ridicule, n'est-ce pas ? »

« Oh, c'était absolument mon intention, » ai-je dit en riant.

Il a ri et secoué la tête. « Je suis sérieux. »

« Non, nous allons juste lui rendre visite, je te le promets. Emma la connaît depuis qu'elle a enseigné dans l'un de ses cours au lycée. Je promets, pas de sorts pour me téléporter quelque part, rien de ce genre. »

Un sourire a relevé un coin de la bouche de Liam. « D'accord. »

Se penchant vers moi, il a capturé mes lèvres dans un rapide baiser. Nous avons été interrompus par Ghost qui tournait autour de nos pieds en ronronnant comme un fou.

CHAPITRE HUIT

— Oh là là, dis-je en arrêtant ma voiture devant la maison de Louise.

— Oh là là est une façon de le dire, répondit Emma.

Il y avait des pâquerettes partout. À ce stade, j'étais plutôt habituée à cet état général des choses. Mais ce n'était pas seulement les pâquerettes qui recouvraient le sol ici. Elles poussaient partout, bien plus que dans les autres zones. Il y avait un champ entier qui s'étendait sur le côté de sa maison.

— Eh bien, on dirait que les rumeurs sont vraies. Elle adore les pâquerettes, ajoutai-je.

Emma et moi nous sommes regardées, puis nous avons haussé les épaules en même temps.

— Vas-y en premier, dis-je. C'était ton professeur.

— Compris, répondit Emma en détachant sa ceinture de sécurité. Il ne semblait pas y avoir eu beaucoup de va-et-vient devant la porte d'entrée. Les pâquerettes n'étaient pas aplaties comme dans de nombreux endroits. Suivant Emma jusqu'à la porte, nous avons attendu après qu'elle eut frappé.

— Comment était-elle comme professeur ? demandai-je à voix basse.

— Elle était gentille. J'ai eu un A dans son cours. Elle était vraiment passionnée par la biologie. Elle passait le plus de temps sur les plantes.

Je levai les yeux vers la ligne de toit. Louise vivait dans une maison classique de style Cape Cod. C'était un carré parfait avec deux fenêtres de chaque côté au rez-de-chaussée et à l'étage, y compris une lucarne de chaque côté. La maison était peinte comme une pâquerette, blanche avec des garnitures jaunes. Si ce n'était pas pour les pâquerettes qui recouvraient la majeure partie du sol, j'imaginais que nous aurions trouvé un jardin bien rangé.

Quand j'entendis le bruit de la poignée qui tournait, je regardai devant moi. Les gonds protestèrent avec un grincement tandis que la porte s'ouvrait. J'essayai de me rappeler la dernière fois que j'avais vu Louise en ville, mais je ne m'en souvenais pas. Ses cheveux argentés étaient tirés en arrière dans un chignon serré et une paire de lunettes était perchée sur son nez. Elle était mince comme tout, si mince qu'une forte rafale de vent aurait pu la faire tomber. Elle nous examina, ses yeux bleus larmoyants s'attardant sur Emma avant de me jeter un coup d'œil.

— Emma Good et Moira Wicked. Qu'est-ce que vous faites ici, les filles ?

— Bonjour, Madame Wildes, dit Emma avec un sourire éclatant. Je parvins à sourire avec elle et à hocher la tête poliment.

Louise arqua un sourcil, semblant attendre que nous en disions plus. J'ai immédiatement senti qu'elle savait parfaitement pourquoi nous étions là. Le silence s'étira avant qu'Emma ne poursuive : « Eh bien, euh, nous voulions juste... » Ses mots se perdirent. Parce que qu'est-ce qu'elle allait bien pouvoir dire ?

Même si Charm Cove était une petite ville, même si Louise était son professeur de biologie au lycée, et même si presque tout le monde connaissait tout le monde dans notre ville — surtout parmi les sorcières et les sorciers — il n'y avait pas d'explication simple pour justifier notre présence à sa porte en ce début d'après-midi.

Louise finit par rire doucement, prenant pitié de nous. « Pour commencer, appelez-moi Louise. Je ne suis plus votre professeur depuis des années. Je peux deviner pourquoi vous êtes ici. Vous vous demandez si j'ai quelque chose à voir avec toutes ces pâquerettes. »

Emma et moi avons hoché la tête à l'unisson. « Oui, » gazouilla Emma, d'une voix aiguë.

Louise roula des yeux, ajustant ses lunettes sur son nez. « Eh bien, je peux vous assurer que je n'y suis pour rien. » Elle recula de la porte, nous faisant signe d'entrer. « Entrez donc. Je vais vous préparer du thé. »

La suivant à l'intérieur, elle nous conduisit à travers une petite arcade jusqu'à la cuisine. Il y avait une petite table ronde située près des fenêtres, donnant sur un champ qui avait littéralement explosé de pâquerettes. Emma croisa mon regard avec un sourire gêné tandis que nous prenions chacune une chaise là où Louise nous l'indiquait. Louise se dirigea vers la cuisinière, souleva une bouilloire puis y ajouta de l'eau avant d'allumer le brûleur.

Elle sortit trois tasses d'un placard et un petit bol en céramique rempli d'une sélection de thés. Elle posa tout sur la table et nous rejoignit pendant que nous attendions que l'eau bouille. Il y avait un vase de pâquerettes au centre de la table.

Faisant un signe vers le vase, elle commenta : « C'est vrai que j'adore les pâquerettes. » Ses yeux bleus se plissèrent aux coins avec son sourire tandis qu'elle nous regardait tour à tour. « J'ai su que quelque chose n'allait pas quand Danny m'a apporté celles-ci. Chaque année, quand les pâquerettes commencent à fleurir, il m'en cueille souvent un bouquet et me l'apporte. Il n'y a rien d'inhabituel à cela. Sauf que ce bouquet a plus de deux semaines et demie, avant que le ciel ne commence à pleuvoir des pâquerettes. J'ai su que quelque chose n'allait pas quand elles n'ont pas flétri. Pas même un peu. Je suis douée avec les plantes, mais une fois que vous cueillez des fleurs, même les meilleurs soins ne les gardent en vie que pour un temps limité. J'ai appelé ta mère aujourd'hui, » dit-elle, ses yeux glissant vers les miens. « Je me suis dit que quelqu'un devait être au courant. Je n'ai pas entendu parler de la réunion au phare à temps pour y assister, bien que je ne sache pas si j'aurais pu monter toutes ces marches. Avez-vous une idée de ce qui se passe ? »

La bouilloire siffla, et Louise se leva pour éteindre le brûleur. Elle revint et remplit les tasses d'eau chaude, faisant un signe vers la sélection de thés avant de retourner poser la bouilloire sur la cuisinière.

— J'aimerais qu'on en ait, répondis-je en choisissant un thé au citron et en plongeant le sachet dans ma tasse. Alice parcourt tous ses livres d'histoire de sorts et de généalogie pour voir si elle peut déterminer quelles familles ont un historique de pouvoir floral exceptionnel.

Se glissant sur sa chaise, Louise hocha la tête tandis qu'elle ajoutait du thé et une pincée de sucre dans sa tasse. « Le pouvoir des fleurs est très courant, comme vous le savez certainement. Bien que j'adore les pâquerettes, mon pouvoir floral est tout à fait moyen. J'aimerais pouvoir être plus utile. » Elle jeta un regard vers Emma. « La famille Good a un peu plus de pouvoir floral. »

Emma acquiesça. « Je sais, mais je ne vois pas qui aurait pu faire ça. »

— Penelope pense que c'est une combinaison de pouvoir floral et météorologique, intervins-je.

— Penelope a très probablement raison. Il semble que le sort ait complètement échappé à tout contrôle. Je n'essaie en aucun cas de jeter le blâme sur la famille Good, mais nous devons être pragmatiques. Qu'en est-il de ta vieille tante ? Olivia ? demanda Louise.

Emma sembla confuse pendant un moment, puis son regard s'éclaircit. Je pris une gorgée de mon thé, essayant de me rappeler la dernière fois que j'avais même vu Olivia Good. « Mon Dieu, ça fait des années que je ne l'ai pas vue. Est-ce qu'elle vit toujours près de Charm Cove ? »

Emma haussa les épaules, son regard aussi perplexe que le mien. « Je ne l'ai pas vue depuis que j'étais adolescente. Elle reste dans son coin. Elle a définitivement un pouvoir floral supérieur à la moyenne. »

Louise but une gorgée de son thé, tambourinant du bout des doigts sur le comptoir. « Pour autant que je sache, elle vit toujours de l'autre côté de la ville, juste à l'intérieur de la frontière. Je la connaissais un peu quand nous étions plus jeunes. C'était une fille espiègle. Vous deux n'avez pas hésité à vous présenter ici à l'improviste. Je vous suggère peut-être de lui rendre visite ensuite, » proposa-t-elle avec un sourire.

CHAPITRE NEUF

Le soir suivant, Charm Cove a tenu une réunion d'urgence à la mairie, convoquée par le comité municipal après trois accrochages en une seule journée sur Charming Way, l'une des rues les plus fréquentées du centre-ville. Les voitures avaient dérapé sur les pâquerettes. Avec le flot ininterrompu de touristes qui affluaient en ville pour voir les pâquerettes, nous devions trouver un moyen de gérer cet important trafic. La ville avait besoin d'un plan pour les pâquerettes et leurs effets secondaires inattendus.

Toute la journée, entre les clients qui se bousculaient chez Persnickety Potions & Gifts, j'ai reçu la visite des résidents, ainsi que des appels téléphoniques et des textos, tout le monde bavardant sur ce qu'ils pensaient devoir être le plan pour la réunion de ce soir. Je prévoyais une réunion plutôt tumultueuse. Après le travail, Liam m'a retrouvée devant la boutique, et nous avons marché main dans la main jusqu'à la mairie. Elle était située à l'angle de Wicked Way et Good Lane, dans un charmant vieux bâtiment en granit rose. Ce granit rose très prisé provenait d'une carrière voisine.

Le bâtiment était imposant et de forme carrée. Le rez-de-chaussée abritait les bureaux de la ville, avec un couloir à l'arrière qui menait à une passerelle couverte vers le palais de justice voisin. L'étage comprenait une grande salle de réunion, semblable à celles des anciennes salles communales, et quelques salles de conférence plus petites. Au fil des siècles, elle avait été utilisée pour les réunions municipales, les rassemblements festifs et diverses autres fonctions municipales.

Liam et moi avons esquivé les pâquerettes sur le trottoir. L'un des chasse-neige de la ville équipé d'une balayeuse avançait lentement dans la rue. Lorsque nous avons atteint la mairie, la lumière du soleil couchant à l'ouest projetait une douce lueur sur le granit, lui donnant un aspect éthéré.

La main de Liam était chaude autour de la mienne. Il s'arrêta au coin avant que nous traversions la rue et baissa les yeux vers moi.

— J'ai oublié de te demander, comment s'est passée ta journée ?

— Chargée. Et la tienne ? ai-je répondu avec un petit rire.

— Chargée.

Inclinant la tête, il captura mes lèvres dans un bref baiser avant de se redresser.

— Es-tu prête pour le cirque ?

J'ai souri.

— Ça devrait être intéressant.

En me tournant, ma main toujours fermement tenue dans la sienne, nous avons traversé la rue et monté les marches jusqu'à la mairie. Liam a tenu ouverte la lourde porte en bois, les planchers bien usés sous nos pieds tandis que nous traversions l'entrée vers l'escalier sur le côté pour monter jusqu'à la salle de réunion. Même depuis le rez-de-chaussée, le bourdonnement des voix était perceptible, un indice que la salle était déjà bondée.

Quand nous avons atteint la salle de réunion, la plupart des chaises étaient occupées. J'ai poussé un soupir de soulagement d'avoir demandé à ma mère de nous garder des places. Elle nous a fait signe de l'endroit où elle était assise avec mon père d'un côté de la grande salle. Nous nous sommes dirigés vers elle, slalomant entre les personnes debout dans l'allée. Considérant que la réunion n'avait même pas encore commencé, il semblait que ce serait bientôt complet, avec des gens debout.

Je me suis glissée sur la chaise juste à côté de ma mère, avec Liam à mon flanc au bout de la rangée.

— Heureusement que nous sommes arrivés quelques minutes en avance, murmura-t-il, lâchant ma main pour passer son bras sur mes épaules et se pencher en avant pour saluer mes parents. Salut, Camille, Gabriel, merci de nous avoir gardé des places.

Ma mère sourit en retour.

— Bien sûr. Heureusement que je l'ai fait.

Mon père gloussa de l'autre côté.

— Ça va être animé ce soir.

Divers membres des familles de Liam et de la mienne étaient dispersés dans le public. Ses parents étaient juste quelques rangées devant et se sont retournés pour nous faire signe. Lea et Jacob étaient là avec les jumeaux, et Penelope a murmuré un salut derrière nous.

Le public était composé aux deux tiers de sorcières selon mes calculs approximatifs. Sorcière, sorcier ou non, les pâquerettes étaient quelque chose auquel tout le monde devait faire face. Cela dit, j'étais un peu soulagée qu'il y ait beaucoup de sorcières et de sorciers dans le public, ne serait-ce que parce que nous avions besoin que les décisions officielles jouent en notre faveur. Nous devions nous débarrasser de ces fichues pâquerettes.

Considérant que nous savions que cela devait être de la magie, je supposais que ce n'était qu'une question de temps avant que nous découvrions un sort pour le contrer. Le groupe de personnes du comité municipal était composé en majorité de sorcières et de sorciers. Peu de temps après notre arrivée, ils sont entrés par l'arrière et ont pris place à une table à l'avant. La présidente du comité, Beatrice Powers, a sonné une cloche et tout le monde s'est rapidement tu lorsqu'elle s'est levée.

— La séance est ouverte, annonça-t-elle. Ceci est une réunion d'urgence du Conseil sélect de Charm Cove. Sujet principal de discussion : une audience pour évaluer ce qu'il faut faire concernant les pâquerettes qui envahissent la ville.

Beatrice jeta un coup d'œil à la greffière de la ville, qui tapait rapidement.

— L'enregistrement officiel est-il activé ? demanda-t-elle.

Anna Goodness, qui était la réceptionniste du standard au commissariat de police et qui servait comme greffière de la ville pour toutes les affaires officielles, acquiesça. Anna était aussi une sorcière.

— Je suis sûre que je n'ai pas besoin d'entrer dans les détails sur ce qui se passe en ville, commença Beatrice, regardant autour de la salle. Est-ce que quelqu'un a besoin que j'explique ?

— À moins que vous puissiez nous dire comment diable arrêter ces pâquerettes, lança un homme quelque part dans le public.

Je n'ai pas reconnu la voix, mais je pensais qu'elle venait de l'un des gérants de l'épicerie locale.

Beatrice sourit.

— Je pense que nous aimerions tous connaître la réponse à cette question. En attendant, la question à l'ordre du jour est comment gérer les pâquerettes. Je pense que nous pouvons supposer qu'à un moment donné, cela s'arrêtera.

Elle fit une pause lorsqu'une main se leva dans le public.

— Oui ?

— Avons-nous une idée de ce qui cause cela ? Je comprends qu'une organisation météorologique nationale est en visite, dit une femme. Je ne me souvenais pas de son nom, mais elle était pharmacienne à la pharmacie locale.

Beatrice regarda l'un des hommes du comité.

— Dan a été en contact avec le service météorologique. Des nouvelles, Dan ?

Dan rapprocha son microphone.

— Rien, c'est un mystère complet. Croyez-moi, si je savais, ce serait partout à ce stade.

— Nous devons nous concentrer sur la façon de les gérer, lança quelqu'un d'autre.

Beatrice acquiesça.

— À ce stade, nous avons un chasse-neige modifié avec une balayeuse pour dégager les rues pendant la journée. Nous avons mis de côté un budget supplémentaire, mais nous devons adopter une motion pour augmenter le budget de déneigement, qui relève du nettoyage des rues.

Il y eut quelques murmures, puis quelqu'un d'autre leva la main.

— Oui ? appela Beatrice.

La femme en question, Nancy Struthers, possédait une boutique de vêtements locale.

— Je ne vois pas pourquoi les gens veulent faire cesser les pâquerettes. Mon business a quadruplé. C'est même mieux qu'au plus fort de l'été.

Cela a déclenché les hostilités.

— Êtes-vous folle ?!

— C'est de la folie !

— Ce n'est pas fou. C'est du bon business.

— Je suis pour que les pâquerettes restent. Je pense que nous pouvons figurer sur la liste officielle des Merveilles du Monde, et ensuite ce sera tout bénéfice à partir de là.

— Mon Dieu, ce n'est pas naturel. Ça me fait honte d'être de Charm Cove. Vous entendez toutes ces rumeurs sur les sorcières et les sorciers et maintenant tout le monde pense qu'elles sont réelles.

— Exactement. J'aime cette ville. J'ai toujours dit que notre histoire est mignonne. Mais elle est juste mignonne. Nous n'avons pas besoin que les gens pensent qu'elle est réelle.

Ma mère se pencha, son ton bas.

— C'est exactement ce dont nous avons besoin. Une dispute au sujet des fichues pâquerettes.

J'ai ri doucement, levant les yeux au ciel quand elle m'a regardée.

— Peu importe, nous allons maîtriser les pâquerettes. Nous devons juste trouver comment, de préférence plus tôt que tard.

Liam se pencha de mon autre côté.

— Tu as entendu ça ? demanda-t-il.

— Entendu quoi ? répondis-je.

Ma mère s'était penchée de l'autre côté pour dire quelque chose à mon père. En regardant Liam, je l'ai vu indiquer du menton devant lui. Suivant son regard, j'ai remarqué qu'il regardait la tante d'Emma, Olivia Good.

— Qu'a-t-elle dit ? ai-je demandé.

— Elle veut savoir qui a rendu les pâquerettes folles. La dernière chose dont nous avons besoin, c'est ce genre de conversation maintenant.

Beatrice a tué ce sujet dans l'œuf.

— Je pense qu'il est juste de dire qu'aucun d'entre nous ne connaît la réponse à cette question, Olivia.

Penelope est entrée dans la danse, faisant dérailler complètement la conversation. Bien que Penelope puisse être un peu étourdie, elle était rusée. Je ne doutais pas une seconde qu'elle s'employait à s'assurer que personne ne s'emporte en discutant de qui pourrait être responsable. Ce type de conversation était mieux réservé aux réunions réservées aux sorcières et aux sorciers, pas aux réunions générales de la ville. Nous avions besoin que le monde pense qu'il s'agissait d'un phénomène naturel bizarre et rien de plus.

— Bon sang, Olivia, dit Penelope. Quel genre de question est-ce ? C'est un miracle. Nous avons un phénomène météorologique. Ce n'est pas comme si c'était le premier mystère naturel. Profitons-en pour ce que c'est.

La conversation s'est poursuivie. Je n'aurais pas pu dire avec certitude, mais il semblait que l'opinion soit à peu près partagée entre ceux qui espéraient que les pâquerettes resteraient et ceux qui espéraient que nous pourrions les faire cesser. Triste à dire, il y avait beaucoup de sorcières du côté de leur maintien, ce qui montrait seulement qu'elles ne considéraient pas les risques.

Nous n'avions *pas* besoin de questions sur les sorcières et les sorciers aux informations nationales. Nous n'avions pas non plus besoin que quiconque fouille trop profondément dans l'histoire et les mystères de Charm Cove.

Beatrice a fermement repris les rênes et a remis les affaires du comité sur la bonne voie. Ils ont approuvé une augmentation du budget de nettoyage des rues pour faire face aux pâquerettes dans l'intervalle et ont approuvé l'ouverture de places de stationnement supplémentaires sur des terrains privés. Quelques entreprises allaient faire de l'argent à ne plus savoir qu'en faire avec ce stationnement. Autant je voulais que les pâquerettes s'en aillent, autant j'étais légèrement déçue que ma famille ne possède aucun de ces parkings. Jusqu'à ce que ce problème soit résolu, le stationnement était hors de contrôle. Quelqu'un allait gagner un joli penny.

Nous avons quitté la réunion avec cette résolution et une division claire en ville. Pour l'instant, les partisans des pâquerettes avaient de la chance car une poussée de pâquerettes est tombée du ciel en pluie alors que les gens commençaient à sortir de la mairie.

CHAPITRE DIX

Le lendemain matin, je me suis rendue en ville pour prendre un café chez Magic Beans. D'habitude, Liam me déposait, mais ce matin-là, il devait aller à Portland pour une réunion et était donc parti plus tôt que d'habitude. Il travaillait pour l'entreprise d'investissement de sa famille et faisait la plupart de son travail en ligne. Cependant, il devait occasionnellement assister à des réunions à Portland et à Boston.

J'ai garé ma petite voiture rouge dans le parking des commerces et je me suis dirigée vers Magic Beans. Quelques pâquerettes me sont tombées sur la tête, que j'ai épousssetées, tout en écartant du pied celles qui jonchaient le trottoir. La ville avait déjà pris des mesures rapides avec son budget augmenté et avait modifié un autre chasse-neige en y ajoutant une balayeuse, qui était actuellement en train de nettoyer les pâquerettes des rues du centre-ville.

En m'arrêtant juste devant la porte de Magic Beans, j'ai jeté un coup d'œil sur la pelouse municipale. Je n'ai pas pu m'empêcher de rire. Les pâquerettes tapissaient le paysage, grimpant comme des vignes et tombant du ciel. Je me suis immédiatement ressaisie, me rappelant les informations de la veille. Il y avait eu plus de spéculations sur l'une des chaînes d'information nationales concernant le mystère des pâquerettes de Charm Cove.

En poussant la porte de Magic Beans, l'odeur du café et des pâtisseries fraîches m'a assaillie. J'avais de la chance. Il n'y avait qu'une personne dans la file, bien que toutes les tables soient occupées. Zoe m'a fait signe depuis le coin. Elle m'avait envoyé un message pour me dire qu'elle nous gardait une table.

Après avoir pris un café et un scone aux myrtilles tout frais, je me suis dépêchée de rejoindre le coin où elle m'attendait.

— Bonjour, ai-je dit en me glissant sur la chaise en face d'elle.

Zoe a passé l'une de ses boucles brunes derrière son oreille et a souri.

— Bonjour. Combien d'averses de pâquerettes as-tu vues en venant ce matin ?

— Juste deux. Est-ce que c'est moi, ou est-ce qu'elles ralentissent un peu ?

En sirotant mon café, j'ai attendu qu'elle finisse de mâcher une bouchée de son bagel.

— Je pense que tu as raison, a-t-elle dit après s'être essuyé la bouche. Je n'en ai vu qu'une. Elles poussent toujours comme des folles, mais je suppose que c'est une meilleure option que de les voir tomber du ciel.

— Donc je vais chez la tante Olivia d'Emma aujourd'hui avec elle, ai-je annoncé.

Zoe a haussé un sourcil.

— Vraiment ? Quel est votre prétexte ?

— On n'a pas de bon prétexte, on y va juste comme ça.

Zoe a ri.

— Des projets pour te téléporter quelque part ?

J'ai haussé une épaule.

— Peut-être. Si nécessaire. Mais je ne le prévois pas. Des nouvelles de Daniel ?

Zoe a souri à nouveau.

— Non, et il en est ravi. Il n'y a rien de criminel à ce que des pâquerettes poussent comme des folles et tombent du ciel. Pour une fois, il ne marche pas sur cette corde raide folle entre le monde des sorcières et le monde des non-sorcières.

J'ai ri.

— D'autres nouvelles ? Des rumeurs, des potins ?

Les joues de Zoe ont rougi.

— Eh bien, je suis enfin enceinte. C'est pour ça que je bois du thé, a-t-elle dit en levant sa tasse.

— Oh, wow ! Félicitations !

Je me suis levée et j'ai contourné la table pour lui faire un rapide câlin avant de me rasseoir.

— Est-ce que je peux organiser ta baby shower ? ai-je demandé avec un sourire.

Zoe a souri avec un soupir.

— J'aimerais bien. Ma mère veut l'organiser, donc tu peux l'aider. Ça lui ferait de la peine si elle n'était pas aux commandes.

— Bien sûr ! J'adore ta mère, donc je suis partante pour l'aider de toutes les façons possibles.

Bets, la mère de Zoe, était pratiquement une seconde mère pour moi. Quand nous grandissions, j'ai passé de nombreuses nuits chez elle, tout comme Zoe avait passé beaucoup de nuits chez moi. Bets était une sorcière puissante à part entière, tout comme Zoe.

— En parlant de ta mère, a-t-elle des pistes ? Elle semble toujours savoir quelque chose.

— D'habitude, oui, a dit Zoe, ses boucles rebondissant tandis qu'elle hochait la tête. Mais pas cette fois. Je la taquinais à ce sujet l'autre jour. Pour une fois, son radar à potins semble cassé. Celui qui a fait ça le garde vraiment secret. Quand est-ce que toi et Emma allez rendre visite à Olivia ?

— Les jumeaux seront à la boutique cet après-midi. Tante Lea m'a promis qu'elle passerait pour s'occuper de la boutique jusqu'à la ferme-ture, donc on ira à ce moment-là. Tu veux venir avec nous ?

— Bien sûr, a répondu Zoe avec un sourire.

CHAPITRE ONZE

Plus tard cet après-midi, Emma conduisait hors du centre-ville avec moi sur la banquette arrière et Zoé à l'avant. « Tu as vu Olivia à la réunion de la mairie hier soir ? » ai-je demandé.

— Oh oui, a lancé Emma par-dessus son épaule. Elle semblait plutôt méfiante concernant l'identité de la personne responsable de cette histoire de marguerites. Ce qui me fait penser qu'elle n'y est pour rien, mais qu'elle sait peut-être quelque chose.

— C'est exactement ce que je pensais.

Après une courte balade le long de la route côtière sinueuse qui longeait le rivage, nous avons atteint la périphérie de Charm Cove, avec le panneau indiquant la ville voisine, Windy Bay, qui apparaissait à l'horizon. Emma a ralenti et quitté la route pour s'engager dans une allée étroite menant vers l'océan.

— Tu es déjà venue ici ? a demandé Zoé tandis qu'Emma dirigeait sa voiture compacte dans l'allée. Les arbres étaient denses et rapprochés des deux côtés, ombrageant le chemin.

— Peut-être quand j'étais petite, mais je ne m'en souviens pas vraiment. J'ai dû demander les directions à ma mère. Je savais en gros où c'était, mais je n'y ai jamais conduit moi-même, a-t-elle expliqué.

Les arbres se sont écartés, et nous nous sommes retrouvées face à des marguerites en abondance. Des marguerites recouvraient tout ce qui était visible. Ce n'était pas vraiment une surprise puisque les marguerites étaient partout à Charm Cove depuis plus d'une semaine maintenant, mais ici, il y en avait encore plus qu'ailleurs. Elles grimpaient sur la maison d'Olivia comme des vignes, s'entrelaçant sur le toit si étroitement que j'imaginais qu'elles pouvaient empêcher la pluie de passer même sans véritable toit en dessous.

— Eh bien, a finalement dit Zoé alors que nous nous arrêtions dans ce qui semblait être l'aire de stationnement à côté d'une voiture complètement recouverte de marguerites.

— Euh, c'est un peu excessif, ai-je proposé.

Emma a simplement ri. « *Excessif* est une façon de le dire. »

Nous sommes sorties de la voiture et avons marché à travers les marguerites. Même les marguerites qui semblaient être tombées du ciel avec des tiges cassées étaient parfaitement vivantes. Lorsque nous avons gravi le petit escalier qui menait à la porte d'entrée, même la fenêtre de la porte était couverte de marguerites étroitement tissées. Vu l'état de la maison, j'imaginais que c'était comme vivre dans un tombeau.

— Je ne pense pas qu'on puisse voir à travers ces fenêtres, ai-je chuchoté à Emma.

— Je sais, c'est dingue, a-t-elle murmuré en réponse.

Zoé a hoché la tête, les yeux écarquillés en regardant autour d'elle.

En écartant quelques marguerites qui recouvraient la sonnette, Emma l'a pressée. Nous avons attendu quelques instants avant que la porte ne s'ouvre brusquement.

Olivia se tenait là, son regard méfiant nous examinant. « Eh bien, si ce n'est pas ma nièce Emma Good, accompagnée de Moira Wicked et Zoé Levesque. Qu'est-ce que vous faites ici, les filles ? »

Olivia avait des cheveux presque blancs qui tombaient sur ses épaules. Elle avait des yeux bleu vif et un visage buriné. Elle était si mince que je devinais qu'une légère rafale de vent suffirait à la renverser. Avant que l'une d'entre nous ne puisse répondre, elle a poursuivi : « Je suppose que vous vous interrogez sur les marguerites. »

Les yeux d'Emma ont glissé vers les miens. J'ai haussé les épaules, regardant à nouveau Olivia. « C'est exactement pourquoi nous sommes ici. Je ne pensais pas que c'était possible, mais il semble que vous ayez plus de marguerites que n'importe qui. »

Olivia a acquiescé. « Exactement. Cette voiture là-bas, a-t-elle indiqué en désignant la voiture derrière nous. Nous nous sommes retournées pour examiner la voiture dissimulée par les marguerites étroitement tissées autour d'elle. Quand nous nous sommes retournées à l'unisson, elle a continué : « C'est ce que j'ai conduit pour aller à la réunion municipale hier soir. Si vous pensez que j'ai quoi que ce soit à voir avec cette histoire, vous êtes folles. »

Sur ces mots, elle a claqué la porte, faisant tomber quelques marguerites qui ont atterri sur le bout de mes chaussures. Emma semblait vouloir sonner à nouveau, mais j'ai secoué la tête. « Ne te dérange pas. Quoi qu'il en soit, elle n'est pas d'humeur à parler aujourd'hui. »

— D'accord, a murmuré Zoé. Allons-nous-en.

Nous avons fait notre chemin parmi les marguerites et sommes remontées dans la voiture d'Emma. J'ai poussé un soupir de soulagement lorsque nous avons rejoint la route principale où il n'y avait qu'une quantité normale de marguerites recouvrant le paysage.

Lorsqu'Emma s'est arrêtée à un panneau stop avant de s'engager sur la portion de route qui nous ramènerait au centre-ville de Charm Cove, j'ai commenté : « Eh bien, j'avais peur que notre voiture ne se couvre de marguerites si rapidement qu'on aurait dû lutter contre elles. Je ne sais même pas quoi penser. »

Emma a soupiré. « Ce n'est pas que je veuille qu'une Good soit accusée de cela, mais je ne peux pas dire que son comportement n'était pas suspect. »

— Peut-être, mais qu'allons-nous faire à ce sujet ? a demandé Zoé. Je veux dire, les marguerites pourraient être plus nombreuses là-bas parce que quelqu'un l'a ciblée.

— C'est un bon point. Je parlerai à ma mère ce soir, a répondu Emma. Elle connaît mieux ma tante que moi. J'ai demandé à mon père l'autre soir s'il pouvait faire un sort de détection, et il a ri.

Emma faisait référence à son père Jacob, l'oncle de Liam et aussi un oncle éloigné pour moi. Jacob avait le pouvoir de détecter les sorts. « Pourquoi ne peut-il rien faire ? »

— Parce qu'il a dit qu'il n'y a aucun moyen de déterminer où le sort a été lancé à l'origine. Avec des marguerites partout maintenant, ce n'est pas facile de voir d'où elles pourraient provenir. Il a besoin de connaître la source du sort pour essayer de le détecter.

— Je vais demander à ma mère de rendre visite à Olivia, ai-je ajouté. Peut-être qu'elle ne parlera pas, mais tu sais que ma mère est douée pour détecter les secrets. Elle ne saura peut-être pas de quoi il s'agit, mais elle sentira certainement tout secret qu'Olivia garde.

— C'est déjà quelque chose, a dit Emma avec un hochement de tête ferme. Et si on allait à Enchanted Spirits ? Je pourrais boire un verre et dîner.

— Parfait, j'enverrai un message à Liam quand nous y serons pour lui dire de nous rejoindre.

CHAPITRE DOUZE

— Alors elle vous a claqué la porte au nez ? demanda Nathan en se penchant pour attraper une chips de tortilla dans le bol au milieu de la table.

— C'est exactement ça, répondis-je.

— Tu penses qu'elle l'a fait ? reprit-il.

Emma leva les yeux au ciel.

— Comment veux-tu qu'on le sache ? On y est allées pour voir ce qu'elle savait, elle a ouvert la porte, a annoncé qu'elle savait qu'on venait lui poser des questions sur les pâquerettes, et puis elle nous a claqué la porte au nez. C'est tout ce qu'on a obtenu.

Comme prévu, nous nous étions installés chez Enchanted Spirits. Notre groupe comprenait Emma et moi, ainsi que Liam et Jackson, Zoé, Daniel et Nathan. Nathan venait de repousser une avance de notre serveuse et semblait amusé par la situation. Liam était arrivé quelques minutes plus tôt.

Le bras de Liam glissa sur mes épaules, et il se pencha, murmurant :

— Comment s'est passé le reste de ta journée ?

En levant les yeux, mon ventre fit un petit bond face à la chaleur subtile de son regard. Pour environ la millième fois, je remerciai ma bonne étoile que non seulement j'appréciais réellement Liam, mais que j'étais bel et bien amoureuse de cet homme. Il avait cette capacité unique d'enflammer mes sens.

C'était plutôt pratique, étant donné que j'étais destinée à l'épouser. Le sort vieux de plusieurs siècles avait fait son travail avec nous. Ces derniers temps, nous avions eu droit à un petit répit de la part de nos deux familles qui nous harcelaient à propos de notre mariage, après nos fiançailles et l'annonce de notre intention de nous marier au même endroit que le tout premier mariage entre Wicked et Good il y a bien longtemps.

Il ne nous restait plus qu'à réellement nous marier. Nous le ferions, très certainement. Quoi qu'il en soit, pour le moment, nous étions entourés d'amis qui voulaient des réponses au sujet des pâquerettes.

En soutenant le regard de Liam, je souris.

— C'était une journée ordinaire. Complètement folle à la boutique, parce que c'est comme ça tout le temps en ce moment, puis nous sommes allées chez Olivia.

— Bon, les tourtereaux, dit Nathan de l'autre côté de la table, c'est quoi cette conversation privée ?

Liam rit et but une gorgée de sa bière avant de se tourner vers Nathan.

— Je viens d'arriver il y a quelques minutes, alors je lui demandais comment s'était passée sa journée. Autre chose que je devrais te rapporter ?

Nathan afficha un grand sourire.

— Non, mais merci pour l'info.

J'intervins, revenant à sa question précédente.

— Si Olivia a quelque chose à voir avec tout ça, elle n'était certainement pas disposée à en parler aujourd'hui. Je compte discuter avec Maman et lui demander d'aller lui rendre visite. Parce que si Olivia cache des secrets, Maman pourrait être capable de les détecter.

L'un des pouvoirs uniques de ma mère était de pouvoir sentir quand quelqu'un cachait quelque chose. Elle ne pouvait pas être très précise, mais c'était parfois bien utile.

Emma ajouta :

— Je vais me renseigner un peu plus auprès de mes parents. Le pouvoir des fleurs est bien présent dans notre famille, mais ça dépasse tout ce que j'ai jamais entendu dire dans notre histoire.

Daniel secoua lentement la tête.

— Je dois avouer que je ne voudrais vraiment pas être responsable de résoudre cette énigme.

Zoé gloussa et lui donna un coup de coude dans les côtes.

— Tu sembles bien t'amuser à regarder tout le monde stresser.

— Exactement, dit Daniel avec un clin d'œil. Ne te méprends pas, les pâquerettes sont un peu casse-pieds. Mais jusqu'à présent, personne n'a été blessé. Les seules choses que j'ai eu à examiner sont quelques accrochages. Maintenant que nous avons modifié les chasse-neige avec des balayeuses, les routes principales sont bien meilleures.

— Est-ce que c'est mon imagination, ou les pâquerettes ont-elles un peu diminué ? demanda Zoé. Moira et moi avons remarqué que ça pourrait être le cas.

— Comme je le disais ce matin, je pense que oui. Liam l'a remarqué aussi, dis-je en lui donnant un petit coup de coude. Il acquiesça obligeamment. Il semble qu'elles ne pleuvent plus autant du ciel. Celles qui sont au sol continuent de pousser comme des folles, mais au moins c'est un peu plus normal.

— Tu sais que les choses vont mal quand on pense que c'est plus normal qu'il pleuve *moins* de pâquerettes, fit remarquer Nathan, tout à fait sérieux.

Notre serveuse arriva avec nos dîners, nous détournant efficacement du sujet des pâquerettes. La conversation continua alors que nous nous attaquions à notre repas. Après notre départ, quand Liam et moi marchions dans la rue vers nos voitures, j'entendis quelqu'un qui nous appelait.

— Liam ! Moira !

Nous nous arrêtâmes ensemble, regardant autour de nous. Je vis Opal, la tante de Liam, s'approcher depuis le bas de la rue. On aurait dit qu'elle sortait juste de Beauty Bewitched, la petite boutique qu'elle gérait. Le magasin vendait une large gamme de produits de beauté. Ils avaient toutes sortes de mélanges spéciaux et tout contenait une touche de magie. Ils avaient aussi une activité en ligne florissante pour certaines de leurs crèmes pour la peau, les clients jurant qu'elles faisaient des merveilles sur leur peau.

Nous avons rejoint Opal à mi-chemin sur le trottoir. Ses yeux bleus étaient brillants sous les réverbères. Ses cheveux étaient tirés en arrière bien serrés comme d'habitude. Elle portait pratiquement un uniforme composé d'un pantalon noir et d'un chemisier blanc, et ce soir ne faisait pas exception.

— J'espérais vous attraper tous les deux. Je prévois d'acheter nos billets d'avion pour votre mariage et je voulais confirmer la date.

— C'est le dix-sept août, répondis-je. Est-ce que d'autres membres de votre famille viennent ?

Opal leva les yeux, les yeux grands ouverts et l'expression offensée.

— Bien sûr ! Nous sommes des Good. Autant de personnes que possible viendront. Tout comme votre famille. Je suis sûre que ce sera un peu plus petit que si vous vous mariez ici, dit-elle, assez pointilleuse. Y a-t-il quelque chose avec lequel je peux vous aider pour la planification ?

— Maintenant que vous en parlez, de l'aide pour organiser les réservations d'hôtel et ainsi de suite serait formidable, suggérai-je.

Opal s'illumina, regardant de moi à Liam.

— Avec votre permission, je m'en occuperai. Ne vous inquiétez de rien.

Elle se pencha pour nous faire un bisou sur la joue avant de faire demi-tour et de s'éloigner rapidement. Son « bonne nuit » nous parvint par-dessus son épaule.

Une brise printanière fraîche souffla dans la rue depuis l'océan, apportant avec elle une note de sel marin. Je levai les yeux vers Liam, un sourire se dessinant au coin de mes lèvres.

— Je pense que nous devrions simplement laisser nos familles prendre en charge la planification du mariage.

Il sourit, se penchant pour m'embrasser sur la joue.

— D'accord. Allez, rentrons. J'aimerais faire une promenade sur la plage avant de nous coucher.

Liam me suivit jusque chez moi, et nous fûmes accueillis par Ghost qui rebondissait sur mon épaule alors que nous entrions dans la maison. « Salut, Ghost, » dis-je en me baissant pour lui frotter le menton en guise de salutation. Ghost agita sa queue sur le parquet, émettant un doux ronronnement avant de se précipiter vers le rebord de la fenêtre où je gardais sa gamelle.

Après l'avoir nourri, Liam et moi sommes descendus à la plage. Les journées s'allongeaient, petit à petit. C'était en fin de soirée, et le crépuscule n'avait pas encore complètement pris possession de la journée. Le soleil se couchant à l'ouest, à l'opposé de l'océan Atlantique, l'eau scintillait sous les couleurs persistantes du ciel teinté de violet et de rose en arrière-plan.

La main de Liam était chaude autour de la mienne. Il y a des années, quand nous avons commencé à sortir ensemble au lycée, nous faisions des promenades sur la plage ensemble. Pas aussi tard, bien sûr. Nous avions tous les deux des parents plutôt stricts. J'aimais l'océan, et cela me rappelait toujours une époque plus ancienne et plus innocente.

En regardant au loin, j'observais les vagues basses s'écraser sur le rivage, des pâquerettes roulant avec chaque flux et reflux. En levant les yeux vers Liam, j'étudiai son profil. Parfois, je pensais qu'il était trop beau avec ses cheveux noir de jais, ses yeux bleus et ses traits ciselés. Si nous avions des enfants, j'espérais qu'ils lui ressembleraient.

Il s'arrêta, comme s'il sentait mon regard sur lui, et baissa les yeux.

— Quoi ?

— Tu es trop beau, tu sais.

Il me regarda pendant un long moment tandis qu'une mouette criait au loin et qu'une rafale de la brise océane soufflait sur ma peau. Avec un petit rire, il se pencha et pressa ses lèvres contre les miennes. En se reculant, un sourire s'étendit sur son visage.

— Je n'en sais rien, mais je sais que tu es magnifique.

Je levai les yeux au ciel et le poussai du coude, tournant sur moi-même pour repartir en direction de notre maison.

— La flatterie *pourrait* te mener quelque part. Allons-y.

CHAPITRE TREIZE

Quelques jours passèrent sans nouveaux développements concernant les pâquerettes. Les averses de pâquerettes semblaient vraiment ralentir, même si les fleurs continuaient de proliférer sauvagement. Elles se comportaient comme des vignes envahissantes. Cela dit, les averses avaient suffisamment diminué pour faire l'objet d'un reportage télévisé, qui s'interrogeait sur la fin possible du phénomène. Les gens s'étaient plutôt attachés à toute cette histoire.

Quelques enquêteurs du paranormal étaient également arrivés à Charm Cove. Pour les véritables sorcières et sorciers, ces enquêteurs étaient plutôt amusants et généralement inoffensifs. Très peu avaient une connaissance réelle de l'existence des pouvoirs surnaturels. Ils avaient tendance à faire des choses plutôt ridicules dans leurs tentatives de *prouver* l'existence de phénomènes surnaturels. Cela dit, je suppose que je devrais leur reconnaître le mérite de croire en quelque chose.

Le surnaturel existait bel et bien. Partout.

C'était assez terrifiant pour la plupart des gens de le découvrir et de le voir quand ils tombaient dessus par accident. Le moment choisi par les enquêteurs pour apparaître à Charm Cove était déconcertant. Notre petite ville avait déjà vu sa part d'enquêteurs du paranormal, mais jamais lors d'une situation aussi significative. Les pâquerettes représentaient un phénomène surnaturel d'une grande puissance, et ceux d'entre nous qui possédaient de véritables pouvoirs le savaient parfaitement.

En ce qui concernait les efforts pour résoudre le *problème* des pâquerettes, faute de meilleure expression, ma mère avait prévu une visite chez Olivia Good. Elle espérait que son pouvoir de perception l'aiderait à déterminer si Olivia cachait quelque chose. Ce soir-là, après la visite de ma mère, nous nous sommes rendus chez mes parents pour dîner. Nous l'avions planifié parce que l'un de mes frères, Nathaniel, était de retour pour le week-end.

Liam et moi avons marché depuis la maison du cocher. La neige ayant disparu, le sentier à travers les arbres était dégagé, bien que nous devions nous frayer un chemin parmi de nombreuses pâquerettes. Un bosquet d'arbres séparait la maison du cocher de celle de mes parents. Mon frère aîné, Gabriel, vivait dans l'ancien cottage du gardien sur la propriété, qui jouxtait un terrain qu'il possédait.

La main chaude de Liam dans la mienne et une brise printanière vivifiante nous rafraîchissant, nous avons traversé les arbres jusqu'à la clairière. La côte rocheuse du Maine figurait sur de nombreuses cartes postales pour une bonne raison. C'était vraiment magnifique. La falaise derrière la maison de mes parents s'inclinait, offrant une vue sur les vagues qui roulaient vers le rivage et se brisaient contre la plage rocheuse.

La maison était carrée, de style colonial, avec un revêtement vert sauge et un toit rouge vif qui la faisait ressortir de loin. Pas besoin de frapper, nous sommes donc entrés par le hall principal. Un escalier sur le côté menait à l'étage supérieur avec un couloir bordé de chambres des deux côtés et une ancienne nurserie transformée en bureau.

Au-delà du hall d'entrée, un couloir menait à une cuisine, une salle de loisirs, une salle de bain et une buanderie d'un côté, ainsi qu'un salon formel, un petit salon et une salle à manger formelle de l'autre. Nous avons suivi les voix jusqu'à la cuisine où nous dînions habituellement.

En passant sous l'arche qui menait à la cuisine, nous avons trouvé ma mère affairée au grand îlot central. L'îlot de cuisine était carrelé avec un évier et une plaque de cuisson au centre d'un côté, et des tabourets de l'autre. Face à cela, contre le mur du fond, s'étendait un autre comptoir avec un grand évier en ardoise au centre et des fenêtres offrant une vue sur la pelouse latérale et les arbres. L'évier était flanqué d'un grand réfrigérateur d'un côté et d'un vieux four à bois avec un four moderne de l'autre côté.

Ma mère ne jurait que par le four à bois pour la pâtisserie, elle l'avait donc gardé même s'il était plutôt superflu et qu'elle ne l'utilisait qu'occasionnellement. Elle leva les yeux de ce qu'elle était en train de couper. Ses cheveux noirs striés d'argent étaient relevés en chignon, et elle portait un tablier sur son chemisier et sa jupe. — Bonjour, ma chère Moira, appela-t-elle, m'envoyant un baiser et continuant à couper tout en se tournant pour répondre à quelque chose que Lea avait dit.

Celia et Delia jouaient aux cartes à une table dans le coin et m'ont lancé des salutations, auxquelles j'ai répondu d'un signe de la main.

— Hé, hé, Moira, m'appela mon frère Nathaniel depuis la grande table ronde près des fenêtres à l'arrière. Il se leva et traversa la cuisine pour venir à ma rencontre.

Posant mon sac à main sur le comptoir, je me suis avancée pour l'étreindre. — Salut, Nathaniel !

Nathaniel avait les mêmes couleurs que mon père et mes autres frères - cheveux noirs et yeux verts. Il avait les traits plus marqués de ma mère et était grand et élancé.

Il sourit en reculant et serra mes épaules avant de se tourner vers Liam. — Salut, mec, dit-il, en serrant Liam dans une accolade avec des tapes dans le dos. — Comment ça va ?

— Occupé, mais bien, répondit Liam avec un sourire.

Lea passa à côté de nous. — Le dîner est presque prêt. Ta mère finit de préparer les légumes pour la trempette, dit-elle en passant avec un panier de pain fraîchement cuit et une carafe d'eau.

— Avez-vous besoin d'aide ? ai-je demandé, regardant vers ma mère alors que Liam continuait à parler avec Nathaniel.

— Oh non, cria ma mère, nous avons tout ce qu'il faut. Assieds-toi. J'arrive tout de suite.

En quelques minutes, nous étions tous assis. Outre mes deux parents, Lea, Jacob, les jumelles, Nathaniel et Gabriel nous avaient rejoints. Nous remplissions suffisamment la table pour que les jumelles soient entassées dans un coin, ce qui ne les dérangeait pas, affirmaient-elles.

Une fois que tout le monde avait été servi et que nous étions bien avancés dans le repas, Nathaniel remarqua : — Les pâquerettes sont totalement hors de contrôle.

Gabriel ricana. — Tu crois ?

— J'ai vu les histoires aux informations, mais j'ai dû faire ce voyage pour voir ça de mes propres yeux, ajouta Nathanial en secouant lentement la tête.

Ma mère intervint : — Tu veux dire que tu n'es pas là uniquement pour nous rendre visite ? Ses yeux pétillaient tandis qu'elle sirotait son vin et fit un clin d'œil lorsque Nathaniel la regarda.

— Bien sûr que je suis là pour vous rendre visite, mais je voulais vraiment voir la « Merveille des Pâquerettes du Monde », dit-il, en mimant des guillemets pour insister. — Avez-vous une idée de ce qui se passe ?

J'ai jeté un coup d'œil à ma mère. — As-tu pu rendre visite à Olivia aujourd'hui ?

— Absolument, et j'ai des nouvelles. Je pensais les garder jusqu'à ce que nous soyons tous ensemble.

— Tu as attendu tout ce temps, dit Delia, ses yeux bleus écarquillés.

Ma mère gloussa. — Eh bien, Gabriel, Lea et moi en discutions justement, mais oui, vous deux n'avez pas toutes les nouvelles tout de suite.

— Vas-y, Maman, dis-je en faisant un cercle avec ma main dans l'air.

— C'est court mais intéressant. Je suis allée rendre visite à Olivia, et elle a effectivement ouvert la porte, juste assez longtemps pour que j'utilise ma magie. Elle cache définitivement un secret, et il a quelque chose à voir avec les pâquerettes et aussi avec les voisins de la route d'à côté, Nadine et Jerome Warren. C'était plus que ce que j'espérais obtenir avant qu'elle ne me claque la porte au nez, alors je me sens chanceuse. Je n'ai certainement pas les détails, mais je pense qu'il y a une sorte de conflit entre les deux et que c'est ce qui provoque tout ce désordre. J'ai appelé ta mère, Liam, dit-elle, en marquant une pause pour faire un signe de tête en direction de Liam. — Pour faire court, elle a mentionné qu'elle avait trouvé plus d'informations sur cet incident documenté il y a environ trois cents ans en Écosse.

— Dans ce cas, les documents supplémentaires qu'elle a trouvés indiquaient que c'était surtout une croissance incontrôlée, bien qu'il y ait eu quelques averses de pâquerettes. Autre chose, je suis à peu près sûre que nous pouvons écarter Isobel Martin. Je l'ai croisée quand je déjeunais au Charm Café. Elle m'a carrément dit qu'elle avait entendu dire que quelqu'un la soupçonnait parce que son arrière-grand-mère avait été si douée avec les fleurs. Elle était horrifiée et embarrassée. Comme elle m'a parlé pendant une bonne quinzaine de minutes, j'aurais senti si elle cachait quelque chose. Ce n'était certainement pas le cas. Bien qu'elle ait admis avoir toujours aspiré à s'améliorer avec son pouvoir sur les fleurs. Ma mère sourit doucement et haussa les épaules.

— Je ne pensais vraiment pas qu'elle puisse avoir quelque chose à voir avec ça. Elle n'est ni assez rusée ni assez puissante. Mon seul soupçon était qu'un sort avait mal tourné avec elle. Des suggestions pour les prochaines étapes ? ai-je demandé.

Quand toute la table a fait une variante de haussement d'épaules, j'ai fini une gorgée de vin et regardé autour de moi. — Je pourrais toujours me transporter dans la maison des voisins pour voir ce que nous pouvons découvrir. Je ne peux pas trouver de bonne raison pour nous présenter au hasard chez eux, donc si je me transportais...

Mes mots se sont estompés quand Liam a croisé mon regard et a secoué vivement la tête. — Il y a d'autres options. Nous n'avons pas besoin que tu te mettes en danger.

— Hé, je n'ai pas eu de problèmes jusqu'ici, ai-je protesté.

— Ouais, et c'est juste de la chance si tout s'est bien passé chaque fois, intervint ma mère.

Gabriel prit la parole. — Je propose que Liam et moi allions chez les Warren. S'il se passe quelque chose, je peux toujours essayer de capter le sort. Ce qui se passe est continu à ce stade parce que les pâquerettes continuent de pousser comme des folles et de tomber du ciel. Elles ont ralenti, mais elles n'ont pas arrêté.

Tout le monde hocha la tête en signe d'approbation, ce qui m'agaça. — En quoi ce n'est pas dangereux ?

Gabriel me regarda, haussant un sourcil. — Parce que je n'ai pas besoin de m'infiltrer en douce. C'est ça qui est dangereux. S'ils ont assez de pouvoir pour manipuler les fleurs et la météo, qui sait ce qu'ils peuvent faire d'autre ? Et si tu venais avec nous ? Ton pouvoir est vraiment pratique. Si nous avons besoin que tu te transportes à l'intérieur, tu pourras le faire, mais Liam et moi serons là.

Regardant de mon frère à Liam, j'ai demandé : — Que va faire Liam ?

— Il peut restaurer les choses à leur état d'origine. Si le sort qui entoure les pâquerettes provient de là-bas, alors il pourra nous aider une fois que nous aurons réglé ce problème, expliqua Gabriel.

J'ai regardé tour à tour Liam et mon frère avant de hausser les épaules. — D'accord, c'est un bon plan.

Mon père rit de l'autre côté de la table. — C'est beaucoup plus sûr que de te transporter et de surprendre quelqu'un. C'est une solution de secours s'ils ont besoin d'aide.

— Quand est-ce que ça va se passer, et pouvons-nous aider ? intervint Celia.

Il y eut un chœur collectif de non en réponse à cela. Celia plissa le nez et haussa les épaules. — D'accord, même si nous avons été géniales pour attraper ce type qui a volé toutes ces choses l'automne dernier.

— Vous avez absolument été géniales, dit Lea avec un large sourire. — Mais vous êtes trop jeunes.

— Nous apprenons tellement de choses avec Tom, ajouta Delia.

Après une énième tentative où elles s'étaient impliquées dans une affaire de magie à Charm Cove, Tom Lewis, un vieux sorcier, avait proposé de les aider à affiner leurs pouvoirs. C'était bien d'avoir l'aide de Tom car leurs deux grands-mères, qui enseignaient habituellement la magie, étaient décédées.

J'ai adressé un large sourire aux jumelles. — Vous serez bien assez occupées à la boutique, et vous devez rester en dehors de cette affaire.

Nathaniel nous regarda tour à tour. — Eh bien, ça promet d'être amusant. Assurez-vous de le faire ce week-end, pour que je puisse tout entendre. Je proposerais bien mon aide car je peux aussi capter des sorts, mais pour être honnête, je suis un peu rouillé parce que je n'ai pas été à la maison. Je ne pense pas que ce soit le moment pour moi de peaufiner mes talents d'enchanteur.

— En parlant de maison, intervint ma mère, reviens-tu bientôt vivre ici ?

Nathaniel lui adressa un grand sourire. — Bien sûr, Maman. J'en ai déjà parlé à Gabriel. J'ai l'intention de l'aider avec Mystic Maple.

Ma mère lui gratifia d'un sourire larmoyant, se levant pour faire le tour de la table et le serrer dans ses bras, ce qui mit fin à l'attention portée aux pâquerettes. Alors que nous partions un peu plus tard, mon frère Gabriel nous appela depuis le couloir. — Demain après-midi, je vous retrouve tous les deux à la maison du cocher, et nous partirons de là.

CHAPITRE QUATORZE

Le lendemain matin, un café frais de Magic Beans à la main et un scone chaud dans un petit sac à emporter, je traversai la place du village jusqu'à Persnickety Potions & Gifts. Une seule marguerite tomba du ciel, et je la regardai dériver paresseusement jusqu'au sol. Il semblait évident que les marguerites ralentissaient. Je me demandais juste si cela allait durer et si tout ce bazar allait se résoudre de lui-même.

— Moira !

Je jetai un coup d'œil par-dessus mon épaule pour voir Beatrice. Elle s'était détachée de son groupe de marche rapide et fonçait vers moi dans son coupe-vent violet vif et son legging noir élégant. Bien que ce soit le printemps, les matins étaient encore frais. Elle s'arrêta en dérapant devant moi alors que je l'attendais sur le chemin dégagé au milieu des marguerites.

— Bonjour, Beatrice.

— Bonjour, ma chérie. Je voulais te parler, dit-elle rapidement.

— Qu'y a-t-il ?

— Eh bien, j'ai croisé ta mère hier et elle m'a parlé du secret qu'elle a perçu chez Olivia. Ça m'a rafraîchi la mémoire, alors je suis rentrée chez moi et j'ai fouillé dans de vieux journaux, qui étaient poussiéreux et enterrés dans notre grenier, mais je crois avoir trouvé quelque chose.

— Ah bon ?

— Olivia et Nadine Warren étaient amies au lycée. Elles étaient un peu plus jeunes que moi, donc je n'étais pas amie avec elles, mais je me suis souvenue qu'il y avait eu une petite querelle entre elles à propos de la propriété quand Nadine et Jerome se sont mariés. C'était un différend sur la limite de propriété. Nadine a essayé d'obtenir une ordonnance restrictive, qui a été refusée. Aussi, avant leur dispute, les parents d'Olivia ne pensaient pas que Nadine était une bonne influence pour elle. Même si c'est une sorcière, sa famille est... Eh bien, les parents d'Olivia venaient d'une branche de la famille Good qui était un peu snob. Même si les Wicked et les Good — du moins ceux proches du centre du pouvoir comme les tiens — n'ont jamais été snobs, il y a quelques branches éloignées qui le sont. Les parents d'Olivia l'étaient, et ils décourageaient son amitié avec Nadine. Je suppose que ça l'a blessée, et puis il y a eu ce problème de limite de propriété.

— Et elles vivent toujours l'une à côté de l'autre ?

Les yeux de Beatrice pétillèrent. « C'est exact. Ce n'est pas évident parce que les adresses sont sur des routes différentes, mais les propriétés se rejoignent à l'arrière.

— Oh, dis-je.

Beatrice arqua un sourcil, hochant lentement la tête. « Oh est le mot juste. » Ses yeux se plissèrent et un sourire rusé se dessina sur ses lèvres. « Je te laisse, toi et les autres jeunes, trouver comment résoudre ce petit problème. En attendant, j'ai décidé que j'irai en Écosse pour ton mariage. Tu es l'une de mes préférées, alors je ne peux pas manquer ça. La fête ici ne sera pas suffisante. »

— C'est un long voyage, Beatrice. Ça signifie beaucoup pour moi que tu veuilles être présente, mais je ne veux pas que tu te sentes obligée.

Elle gloussa. « Je suis en parfaite santé. En fait, avec toutes mes marches, je suis probablement en meilleure forme que beaucoup de personnes plus jeunes que moi. Je veux être là. J'ai toujours voulu aller en Écosse aussi, et maintenant tu m'as donné une excuse. » Elle se pencha, serra mon épaule puis recula. « Je dois continuer ma marche. Suis ce que j'ai découvert », dit-elle en agitant son doigt avant de tourner les talons et de filer, reprenant rapidement de la vitesse en s'éloignant de moi.

Enjambant les marguerites, je finis de traverser la place et me dirigeai vers la boutique, réfléchissant à ce que Beatrice avait appris. Plus tard dans l'après-midi, après que les jumelles soient venues m'aider à la boutique après l'école, mon téléphone n'arrêtait pas de vibrer. Mon téléphone personnel recevait très rarement des SMS ou des appels pendant les heures de travail. Ma famille et mes amis savaient que j'étais occupée à la boutique et me laissaient tranquille pour la plupart.

Quand il vibra à nouveau sur le comptoir, je me tournai pour regarder Delia, qui était derrière la caisse avec moi, en train d'emballer un cadeau pour une cliente. « Je vais passer à l'arrière. J'ai besoin de voir qui essaie de me joindre. »

Elle me fit un pouce en l'air et un large sourire en nouant un ruban sur le cadeau. Attrapant mon téléphone sur le comptoir, je traversai le rideau de perles vers l'arrière de notre boutique.

Charm Cove était décorée d'un tapis blanc et rose avec des touches de violet mélangées. Je suppose que nous pouvions nous estimer heureux que les marguerites blanches soient plus nombreuses, sinon la ville aurait été si éclatante de rose et de violet que ç'aurait été aveuglant. À l'exception de celles qui étaient piétinées, aucune des marguerites ne mourait — elles étaient vibrantes et vivantes, leurs pétales ne flétrissaient jamais.

À ce titre, Charm Cove était toujours officiellement considérée comme la Merveille des Marguerites du Monde. Plutôt Oups, Pâquerette si vous voulez mon avis.

Je me glissai sur un tabouret à côté de la table de travail à l'arrière, soupirant dans l'espace tranquille. Le bourdonnement des clients à l'avant était maintenant distant. Sortant mon téléphone de ma poche, je regardai l'écran pour voir une série de textos de ma mère, Lea, Liam et Gabriel.

En résumé, après l'appel téléphonique de Beatrice à ma mère sur ce qu'elle avait appris, Lea avait également découvert, alors qu'elle déjeunait au Charm Café, qu'il y avait eu un litige de permis entre Olivia et les Warren le mois dernier.

Après m'avoir dissuadée de me téléporter où que ce soit la nuit dernière, le nouveau plan improvisé était que j'irais là-bas avec Liam et Gabriel pour essayer de distraire Nadine. Gabriel et Liam essaieraient de parler avec le mari.

Je n'avais jamais autant débarqué à l'improviste chez les gens de ma vie. Mais les choses devenaient un peu graves avec les reportages sur Charm Cove. Une autre paire d'enquêteurs du paranormal était en ville et voulait faire une émission en direct ici même. Nous ne voulions RIEN avoir à faire avec ça. Bien que Lea et Penelope se soient portées volontaires pour proposer d'être interviewées et donner les informations les plus farfelues qu'elles pouvaient imaginer pour essayer de détourner les enquêteurs bien intentionnés, leur curiosité ne voulait tout simplement pas s'arrêter.

Les sorcières et les sorciers ne s'inquiétaient pas vraiment des enquêteurs du paranormal, principalement parce que les choses qu'ils faisaient dans leur quête de « vérité » étaient souvent ridicules. Ils avaient également besoin d'avoir du pouvoir pour sentir le pouvoir. En ce moment, il y avait déjà trop d'attention sur Charm Cove et les marguerites. Nous n'avions pas besoin de plus d'attention de la part d'enquêteurs curieux.

Me voilà donc partie pour une autre visite impromptue. Ma mère avait concocté une histoire sur une livraison de potion à un autre voisin où nous nous serions trompés d'adresse. Occasionnellement, Persnickety Potions & Gifts préparait des commandes spéciales de potions et les livrait. Ce service existe depuis des siècles. Nous avions très peu de commandes de ce genre de nos jours, et nous ne le publicisions pas. Nous avions encore quelques clients fidèles qui demandaient des commandes spéciales.

Bien que je ne sois pas sûre que l'histoire de ma mère fonctionne, j'étais prête à la suivre puisque je ne pouvais pas trouver mieux. Après avoir passé en revue tous les messages, j'ai appuyé sur Répondre à tous. *Compris. Qui vient me chercher ?*

La réponse de Liam fut rapide. *Là dans 30 minutes.*

De retour à l'avant, j'eus à peine une minute pour faire une pause pendant cette demi-heure restante et fus soulagée de voir Lea franchir la porte principale, la cloche annonçant son arrivée. Une bouffée d'air frais printanier entra avec elle. Elle portait un châle léger rouge vif, sa couleur préférée. Après avoir essuyé ses pieds sur le tapis près de la porte, elle s'arrêta pour aider une cliente qui examinait nos baguettes décoratives dans la vitrine près de l'entrée.

— Celles-ci sont juste pour la décoration, dit-elle en réponse à quelque chose que la cliente avait dit.

— Mais j'ai entendu dire que les baguettes ici avaient de la vraie magie. Quelqu'un l'a mentionné aux infos, dit la femme, en écartant une boucle lâche de son front alors qu'elle levait les yeux vers Lea.

Lea secoua la tête, un sourire chaleureux sur son visage. « Tsss, tsss. Oh là là. Ces histoires aux infos racontent les choses les plus ridicules, tout ça à cause de ce phénomène naturel bizarre. Il n'y a pas de magie. C'est juste une rumeur farfelue. Croyez-moi, je suis l'une des propriétaires. Je saurais si nous vendions de véritables baguettes magiques. »

Lea mentait effrontément, mais peu importe. La femme semblait un peu déçue, mais elle sourit doucement en tenant la baguette en l'air. « Elle est si jolie. Je pense que j'aimerais l'acheter quand même. Peut-être qu'il y a de la magie, et que vous n'êtes tout simplement pas une sorcière, alors vous ne le savez pas. »

Je dus me mordre l'intérieur de la joue pour ne pas rire. Lea était l'une des sorcières les plus puissantes de Charm Cove. Si seulement cette femme savait. Celia gloussa en contournant le comptoir, ses yeux croisant les miens.

Parfois, les jumelles faisaient des bêtises en imprégnant certains de nos objets de magie. Bon, je devrais préciser. Beaucoup des articles que nous vendions *étaient* magiques. Mais les sorts étaient si subtils qu'ils étaient indétectables. C'étaient tous des sorts positifs, principalement pour remonter le moral et clarifier l'esprit. Seule une personne qui possédait de véritables pouvoirs surnaturels et la capacité de détecter la magie dans les objets pourrait les repérer. Il y avait très peu de personnes qui le pouvaient, et dans les limites de Charm Cove, nous les connaissions toutes.

De temps en temps, les jumelles allaient un peu trop loin. J'espérais qu'elles avaient retenu la leçon après une ou deux occasions où les choses avaient mal tourné. Je plissai les yeux vers Celia. Je n'avais pas besoin d'exprimer mes soupçons à voix haute quand elle secoua rapidement la tête, les yeux écarquillés. « Bon à savoir », dis-je tout haut.

— Est-ce que tu sais si nous avons encore du remède *L'amour trouvera son chemin* ? demanda-t-elle, s'arrêtant à côté de moi avant d'aller à l'arrière pour vérifier.

— Nous en avons beaucoup. J'en ai préparé un autre lot juste la semaine dernière. C'est sur l'étagère.

Avec un hochement de tête, elle se précipita à l'arrière pour le chercher. Quand je me retournai, je vis que la femme que Lea aidait regardait une vitrine en verre au centre de notre magasin. La vitrine abritait une réplique d'un précieux médaillon de famille. L'année dernière, quand j'étais revenue à Charm Cove, l'héritage original avait été endommagé. Pour faire court, Liam avait restauré le médaillon à son état d'origine. C'était l'un de ses pouvoirs.

Bien que nous ayons choisi de déplacer le médaillon original ailleurs, celui-ci était toujours puissant. C'était pour s'assurer que les sorcières ou sorciers mal intentionnés ne le soupçonnaient pas d'être plus qu'une réplique. Oh, les choses que nous devions faire pour garder les choses en sécurité. La vitrine était entourée de couches de protection.

J'étais curieuse de la curiosité de cette femme. Mes oreilles se dressèrent alors que je sortais de derrière le comptoir pour voir si je pouvais entendre ce qu'elle disait.

— J'ai entendu dire que ce médaillon lui-même est très puissant. Que pouvez-vous m'en dire ? demanda-t-elle. S'il est si puissant, pourquoi diable est-il assis ici au milieu de la ville ?

Lea ne se démonta pas. « C'est un héritage familial. Nous l'avons dans notre famille depuis des siècles, même avant que nos ancêtres ne viennent en Amérique. Il est exposé ici simplement parce que nous ne croyons pas en l'idée de cacher les belles choses. S'il y a un quelconque pouvoir en lui, nous n'en sommes pas conscients. Les rumeurs que nous avons entendues aux infos sont nouvelles pour nous, tout comme pour vous. Mais il est magnifique, n'est-ce pas ? »

Lea me regarda et me fit un clin d'œil tout en continuant à bavarder avec la cliente. Je m'éloignai, ne voulant pas m'attarder et rendre évident le fait que j'écoutais. Je vérifiai auprès d'un autre client et l'encaissai, jetant un coup d'œil à l'horloge pour voir qu'il était presque temps pour Liam d'arriver. Comme si elle avait lu dans mes pensées, Lea contourna le comptoir. « Je suis là pour prendre le relais. Tu dois y aller. »

— Je dois demander, pourquoi est-ce soudainement acceptable pour moi d'être là pour me téléporter si nécessaire ? demandai-je doucement.

— Ma chérie, ce serait utile s'il y avait un problème. C'est un dernier recours. Liam attend déjà dehors, alors file, dit-elle en me chassant.

Me précipitant à l'arrière, j'attrapai mon sac à main, ma veste et une boîte de potions à emporter pour la fausse livraison. Avec un signe de la main, je me précipitai dehors.

CHAPITRE QUINZE

— Le plan a changé rapidement aujourd'hui, dis-je une fois installée sur le siège passager de la voiture de Liam. Jetant un coup d'œil par-dessus mon épaule, je souris à Gabriel assis à l'arrière. Tu m'as laissé la place devant, hein ?

Gabriel leva les yeux au ciel. — Ton fiancé a insisté. Je n'avais pas vraiment le choix.

Je montrai la boîte de potions que j'avais récupérée en sortant du magasin. — Alors, à qui sommes-nous censés livrer ça ?

— Tom Lewis a appelé son ami sorcier d'à côté, John Williams. Le type est vraiment très âgé, marche avec une canne et ne conduit plus. Je n'y suis pas allé depuis des années, mais Tom a dit qu'il ferait semblant d'avoir commandé les potions si quelqu'un pose des questions après coup, expliqua Gabriel.

— D'accord, mettons-nous en route. Qu'est-ce que vous pensez que je devrais demander à Nadine pour la distraire ? Et avons-nous une idée de l'ampleur du problème avec les pâquerettes là-bas ?

— D'après ta mère, la maison est couverte de pâquerettes, tout comme celle d'Olivia. Tom a dit que John a signalé que Jerome est généralement dehors à travailler dans le jardin à cette heure-ci. On lui demandera de nous accompagner chez John, et tu pourras attendre et discuter avec elle.

— Tu vois, nous avons tout prévu, intervint Gabriel depuis l'arrière.

Liam ricana en quittant Charming Way pour prendre la route qui menait hors du centre-ville. — Ce n'était pas si compliqué, mon vieux.

— Et quel est le plan si on la surprend en train de jeter un sort ?

— Je l'intercepte. Cette partie n'est pas difficile. C'est la question de ce qu'on fait après qui pose problème, dit Gabriel.

— Est-ce que quelqu'un d'autre nous rejoint là-bas ? Parce que je dois dire que je ne pense pas que nous puissions briser ces combinaisons de sorts par nous-mêmes. Ce sont des sorts très puissants. Nous aurons besoin d'aide, dis-je.

— Tout le monde est prêt à intervenir si nécessaire, répondit Liam.

— Ouais, on ne peut pas exactement débarquer en masse. Ça les alerterait à coup sûr, ajouta Gabriel.

Liam s'engagea dans l'allée menant à leur maison, avançant lentement sur le long chemin sinueux. En nous rapprochant de la maison, les pâquerettes devenaient de plus en plus denses, créant une canopée au-dessus de nos têtes et obscurcissant la lumière. Les pâquerettes recouvraient les arbres comme des vignes et s'entrelaçaient au sommet.

— Mon Dieu. C'est pire que chez Olivia, murmurai-je.

CHAPITRE SEIZE

Nous sommes descendus de la voiture au bout de l'allée, et j'ai porté la boîte de potions emballée dans du simple papier kraft. Gabriel a appelé Jerome qui travaillait dans le jardin latéral. Il semblait y avoir une seule zone de jardinage qui n'était pas complètement recouverte de pâquerettes. Le reste de la cour étant envahi par les pâquerettes, j'imaginais qu'il devait travailler quotidiennement pour la garder dégagée.

Jerome s'est redressé de ce qu'il faisait et a fait un signe de la main, facilitant à Liam et Gabriel la tâche de s'approcher pour discuter. Pendant ce temps, j'ai marché sur le tapis de pâquerettes jusqu'à la porte d'entrée. La porte elle-même était couverte de pâquerettes étroitement entrelacées. Quelqu'un avait dégagé les fleurs autour de la fenêtre ronde au centre de la porte. Quand j'ai frappé et regardé à travers, j'ai vu Nadine qui m'observait par la fenêtre.

J'ai levé mes doigts en un petit signe de la main, criant à travers la porte :

— Bonjour, j'ai votre livraison de potions. Le mensonge m'est venu facilement.

Nadine a ouvert la porte, son regard perplexe.

— Moira Wicked ? Je n'ai commandé aucune potion.

— Vraiment ? ai-je demandé, en soulevant la boîte pour insister. N'est-ce pas ici la maison de John Williams ?

Son regard s'est éclairci.

— Oh non, c'est la maison par là-bas, a-t-elle expliqué en faisant un geste dans la direction située en angle derrière leur maison. L'allée est bien plus loin sur l'autre route à cause de la façon dont la propriété est adjacente à la nôtre.

— Oh, je suis désolée de vous déranger. Pouvez-vous m'indiquer comment y arriver ? ai-je demandé, tout à fait prête à jouer l'idiote, demander des directions et faire comme si je n'avais aucune idée d'où j'étais. Je ne viens pas souvent dans cette partie de la ville. Heureusement, j'étais parfaitement honnête à ce sujet, ce qui rendait le mensonge plus facile. C'était à l'opposé de la ville par rapport à l'endroit où j'avais grandi et dans quelques rues où je n'avais pas passé beaucoup de temps. Cela dit, je savais exactement où se trouvait la maison d'à côté et comment y arriver.

— Oh bien sûr, dit-elle en sortant sur les marches et en regardant autour de la cour. Elle s'abrita les yeux pour regarder vers l'endroit où Liam et Gabriel parlaient avec son mari.

— Je dois dire que vous avez vraiment beaucoup de pâquerettes ici, ai-je ajouté sur le ton de la conversation, comme si je commentais simplement la météo.

Nadine a acquiescé, son regard revenant vers moi.

— Elles sont partout à Charm Cove en ce moment. Je ne pense pas que nous en ayons plus que quiconque.

En me tournant, j'ai regardé la cour, espérant maintenir la conversation. Gabriel et Liam parlaient toujours avec son mari, qui faisait des gestes vers leur véhicule couvert de pâquerettes. Tout comme celui d'Olivia, leur véhicule était si densément couvert de pâquerettes qu'on aurait pu croire qu'il était là depuis des années. Je savais pertinemment qu'ils avaient assisté à la réunion de la mairie il y a quelques jours parce que je les y avais vus. Ils auraient besoin d'une scie à métaux pour enlever les pâquerettes à ce stade.

J'ai abrité mes yeux, levant le regard alors que quelques pâquerettes tombaient du ciel. En regardant à nouveau vers Nadine, j'ai lentement secoué la tête.

— Il y a certainement des pâquerettes partout. Il semble qu'elles soient devenues un peu folles ici. Vous étiez à la réunion de la mairie l'autre soir, n'est-ce pas ? J'espère vraiment qu'ils pourront résoudre tout ça, ai-je dit, m'efforçant de garder un ton décontracté.

Nadine a acquiescé.

— Oh oui. Nous sommes aussi allés à la réunion. C'est assez étrange. Nous avons dû prendre un râteau et des cisailles de jardin pour enlever toutes les pâquerettes de la voiture l'autre soir.

Peut-être parce que j'étais là sous de faux prétextes, je craignais qu'elle puisse le remarquer. Si c'était le cas, elle n'en laissa rien paraître. Cependant, son regard se déplaçait constamment vers son mari. Il avait jeté quelques coups d'œil dans notre direction pendant qu'il s'appuyait sur le manche d'une pelle et discutait avec Gabriel et Liam. Je me demandais s'il y avait un moyen pour moi d'entrer dans la maison.

— Eh bien, il semble que je vais devoir faire un peu de route pour arriver à la bonne allée. Cela vous dérangerait-il si j'utilise vos toilettes ? Je ne demandais pas habituellement à de simples connaissances d'utiliser leurs toilettes, mais je pensais que cela me permettrait d'entrer dans la maison.

Nadine a plissé les yeux, l'air légèrement suspicieuse. Pendant un moment, j'ai cru qu'elle allait refuser. Cependant, elle semblait avoir des manières et, après une brève hésitation, elle est revenue à travers la porte et m'a fait signe de la suivre dans la maison.

Une fois à l'intérieur, j'ai regardé autour de moi, naturellement curieuse. C'était une petite maison de style cape. L'escalier au centre du rez-de-chaussée, juste au-delà de la porte d'entrée, avait des pâquerettes qui s'enroulaient autour de la rampe. La maison était légèrement sombre, certaines fenêtres étant obscurcies par les pâquerettes qui les couvraient à l'extérieur. Ils avaient dégagé les pâquerettes de certaines fenêtres, laissant entrer la lumière naturelle dans quelques zones.

— Suivez-moi, dit Nadine en contournant l'escalier.

La maison semblait figée dans le temps, spécifiquement les années 1970. Ils avaient une moquette à poils longs vert vif et des meubles assortis. Un canapé et deux fauteuils étaient adossés au mur avec une petite table basse en bois et des tables d'appoint assorties. Le papier peint était d'un jaune décoloré parsemé de points.

Elle m'a fait traverser le salon jusqu'à l'arrière où nous sommes passées devant une arche menant à la cuisine. Elle s'est arrêtée juste au-delà de la cuisine dans un court couloir, désignant une porte à côté de la cuisine.

— Voilà. Je vais aller dehors voir mon mari.

Après l'avoir remerciée et fermé la porte de la salle de bain derrière moi, j'ai écouté ses pas étouffés tandis qu'elle retournait à l'avant de la maison. Je me suis assurée de passer suffisamment de temps pour donner l'impression que j'étais allée aux toilettes. Par mesure de précaution, j'ai inutilement tiré la chasse d'eau, ressentant une pointe de culpabilité pour le gaspillage d'eau, et me suis lavé les mains. Au moment même où je me séchais les mains, j'ai entendu une autre voix, une voix féminine.

En faisant une pause avec ma main sur la poignée de la porte, je me suis demandé qui d'autre était arrivé à la maison. Je n'ai pas eu à attendre longtemps car, la chose suivante que j'ai entendue, c'était un grondement de tonnerre dehors.

Et puis les cris ont commencé.

— Comment osez-vous ?!

J'ai attribué cette voix à Nadine.

— Comment j'ose ?

— Oui, c'est vous qui avez piqué une crise pour une ligne de propriété.

— Oh, bon sang. Vous êtes complètement ridicule. J'ai parfaitement le droit de demander que le relevé clarifie les limites entre nos terrains. Je n'arrive pas à croire à quel point tout cela est devenu ridicule, pour rien de plus qu'une limite de propriété contestée. Je pensais que nous avions résolu cela à l'époque où vous vous êtes mariés. Parker m'avait assuré qu'il avait déposé les documents concernant ce litige à l'époque, et c'était résolu.

J'ai finalement reconnu la voix d'Olivia. *Une limite de propriété contestée ?*

Parker était le défunt mari d'Olivia. Je supposais qu'elle faisait référence au différend mentionné dans les documents dont Beatrice avait parlé il y a des décennies. J'ai décidé que c'était à peu près le moment de signaler ma présence. En ouvrant la porte, j'ai entendu un autre fort grondement de tonnerre dehors. Je ne savais pas laquelle d'entre elles manipulait le pouvoir météorologique, mais clairement l'une d'elles l'avait.

En sortant de la salle de bain et en passant par l'arche menant à la cuisine, j'ai contourné l'angle du court couloir pour entrer dans le salon. J'y ai trouvé Olivia, les mains sur les hanches, fusillant Nadine du regard.

Nadine a jeté un coup d'œil dans ma direction, mais elle a clairement décidé qu'elle se moquait de son public. Les yeux étroits et sombres, elle a regardé à nouveau Olivia.

— Oui, toute cette agitation pour une ligne de propriété. Cette propriété est la nôtre, a-t-elle dit, croisant fermement les bras.

Olivia a tapé du pied sur le sol.

— Absolument pas, et j'ai les plans d'arpentage pour le prouver. Depuis que j'ai envoyé les copies certifiées ici, vous vous êtes mise à piquer une fichue crise.

Nadine a plissé le nez.

— Je n'ai pas piqué de crise, a-t-elle dit avec un souffle d'exaspération.

À ce moment, la porte d'entrée s'est ouverte violemment, claquant contre le mur derrière avec un bruit sourd. Quelques pâquerettes ont été soufflées à l'intérieur par une rafale de vent. Jerome est apparu dans l'encadrement de la porte, avançant à grands pas avec Gabriel et Liam juste derrière lui.

— C'est ridicule, Nadine, a-t-il annoncé.

Nadine n'a pas trop apprécié cela. Elle a fixé son regard sur lui, ses yeux vifs et sombres.

— Non, ça ne l'est pas. C'est notre propriété, a-t-elle dit, chaque mot ponctué d'un coup de son index dans l'air. À chaque coup, le bruit du tonnerre grondait, de plus en plus fort et proche à chaque fois.

Clairement, Nadine était la source du pouvoir météorologique. J'ai regardé entre les deux femmes.

— Vous voulez me dire que toute cette histoire ridicule de pâquerettes est due à une dispute à propos d'une limite de propriété ?

Les lèvres d'Olivia ont légèrement tressailli aux coins, mais elle n'a pas daigné répondre.

Nadine n'a manifestement pas trouvé cela amusant et a pincé les lèvres. Elle a commencé à lever la main à nouveau avant de la laisser retomber.

— Ça ne fait de mal à personne. Je ne vois pas pourquoi vous vous en souciez, a-t-elle ajouté avec un souffle d'exaspération.

— Parce que nous avons un problème. Charm Cove a réussi à garder nos secrets pendant des siècles. Vous deux avez une petite querelle, apparemment au sujet d'une limite de propriété, et cela menace tout cela. Disputez-vous, mais ne mettez pas le reste d'entre nous en danger pour quelque chose d'aussi ridicule, ai-je dit.

Jerome a croisé mon regard, hochant lentement la tête.

— C'est exactement ce que j'ai dit.

Olivia et Nadine se sont simplement regardées. Avec la porte d'entrée toujours ouverte, j'avais une vue claire de l'explosion de pâquerettes tombant du ciel.

— Eh bien, puisqu'elles n'expliquent pas plus en détail, pouvez-vous nous dire comment tout cela a commencé ? a demandé Liam en faisant un geste vers Jerome.

— Bien sûr. J'admets que lorsque nous avons reçu les plans d'arpentage par courrier envoyés en recommandé, a-t-il dit en levant les yeux au ciel, je voulais juste les ignorer. J'utilise cette partie arrière de notre propriété pour une partie de mon jardin depuis des décennies et notre système septique s'y trouve. Apparemment, nous empiétions sur sa propriété. C'est vrai qu'il y a eu un petit différend au moment où nous nous sommes mariés, mais il semble que les marqueurs ont pourri, donc je ne l'ai pas remarqué quand nous avons fait installer notre nouveau système septique. C'était une erreur assez innocente. Mais ce n'est pas à ce moment que tout a commencé. Elles ont eu une dispute il y a des années sur autre chose sans rapport. Elles n'ont jamais enterré la hache de guerre, pour ainsi dire. Ça a ravivé les choses complètement. Nous devons payer pour un nouveau système septique, et nous n'avons tout simplement pas l'argent en ce moment.

Il a regardé sa femme, plissant les yeux.

— *Elle* est responsable de la météo. Son regard s'est déplacé vers Olivia. Et je suis à peu près sûr qu'elle est responsable des pâquerettes.

Quant à ce qui a déclenché toute cette histoire, ma femme sait comment garder rancune.

— Une rancune à propos de quoi ? suis-je intervenue.

Nadine a soufflé d'exaspération et roulé des yeux.

— Elle a fait ça quand nous étions plus jeunes.

— Vous a envoyé un relevé des limites de propriété ? a demandé Gabriel en arquant un sourcil. Il a déambulé, sa démarche décontractée, mais je savais mieux. Il se positionnait de telle sorte que si l'une d'elles lançait un autre sort météorologique, il pourrait l'attraper.

— Non, elle a volé mon vélo, a répondu Nadine, d'un ton buté.

Un petit rire m'a presque échappé. Je me suis mordu les joues de sorte que ce n'était guère plus qu'une respiration bruyante. Trop tard cependant.

— Ce n'est pas drôle, a dit Nadine, me fusillant du regard. Nous avions dix ans, et elle a volé mon vélo. Maintenant, elle recommence et vole notre propriété. En plus, ils sont sortis ensemble il y a longtemps.

Olivia a fortement roulé des yeux.

— Doux Jésus. Vous êtes complètement folle. J'ai été heureusement mariée à Parker pendant des années, que Dieu ait son âme. Vous avez encore la culotte en twist à cause de ce vélo, que je n'ai pas volé, je l'ai emprunté puis rendu. Je me suis même excusée, mais vous ne l'avez jamais digéré. Penser que vous avez commencé tout ça parce que vous croyez que je vole votre propriété est ridicule.

Olivia nous a regardés, levant ses mains d'exaspération et les laissant retomber.

— La seule raison pour laquelle j'ai fait faire un arpentage, c'est parce que j'envisage de vendre ma propriété. L'arpenteur a découvert qu'une partie de leur jardin et leur champ septique s'étendent sur ma propriété. C'est tout. Je n'ai pas fait faire l'arpentage pour causer des problèmes. Les choses ont peut-être un peu dérapé, je l'admets. Elle a fait son petit truc de tonnerre, et je l'ai repoussé avec les pâquerettes. Et maintenant, eh bien... Nous en sommes là.

Nadine a fait un geste pour lever à nouveau sa main, ses joues devenant rouges. À cet instant, Gabriel a à peine agité son poignet. Chaque fois que Gabriel attrapait un sort, il se manifestait sous la forme d'une petite boule blanche luisante dans ses mains. Dans ce cas, la boule n'était pas très grande, à peu près la taille d'une balle de baseball.

Il a plissé les yeux, regardant du sort capturé dans ses mains à Nadine.

— Vous faites ça chaque fois que vous êtes contrariée ? a-t-il demandé.

Jerome a acquiescé.

— Elle est un peu lunatique, a-t-il offert avec un haussement d'épaules. N'a jamais été très douée pour contrôler sa magie.

J'ai soupiré.

— Est-ce le sort que vous avez utilisé pour déclencher le tonnerre et ensuite elle a lancé un sort de fleurs ? ai-je demandé, regardant entre Nadine et Olivia.

— C'est ce qui a déclenché tout ce désordre. Nous avons eu une dispute. C'est tout. Et puis les choses ont dégénéré. D'après ce que je peux dire, elle continue à lancer du tonnerre dans le ciel. Une fois que j'ai compris ce qui se passait, j'ai mis fin aux pâquerettes, mais je ne semble pas pouvoir les arrêter complètement. Tout ce qui suit maintenant provient du sort original à ce stade. J'admets qu'au début je trouvais ça drôle jusqu'à ce que toute la fichue ville soit couverte de pâquerettes et que nous soyons tous aux informations. Je me rends compte du risque associé à cela, donc j'essaie de m'assurer d'être plus responsable.

Les joues de Nadine étaient toujours rouges, mais elle est restée silencieuse. J'ai regardé de Gabriel à Liam.

— Je ne sais pas comment arrêter ça. Il semble que le sort se multiplie. Si c'est le cas, nous avons un sérieux problème.

Nadine a acquiescé. Elle semblait un peu penaude.

— Il se multiplie. Comme Jerome l'a dit, j'ai un peu de mal à gérer ma magie. Chaque fois que je bouge les mains, un peu de tonnerre se produit. C'est un problème depuis que je suis petite. Elle m'a regardée, pinçant les lèvres. Je ne suis pas une Wicked, donc je ne suis pas experte. Ma magie est un peu désordonnée. Dans ma famille, personne ne m'a jamais appris à la contrôler. Donc maintenant, quand je suis contrariée, eh bien, le tonnerre se produit. Nous n'avons pas vraiment parlé depuis que nous avons eu cette dispute et que tout cela a commencé. Depuis lors, je suis juste agacée par toute cette histoire.

Regardant vers Gabriel, j'ai acquiescé.

— Je pense qu'il est sûr de dissoudre ce sort.

Gabriel l'a promptement fait, la boule blanche luisante dans sa main se dissolvant en paillettes et tombant au sol avant de disparaître. Une fois cela fait, j'ai regardé autour du groupe.

— Je ne pense pas qu'aucun d'entre nous ne devrait aller nulle part jusqu'à ce que nous trouvions comment couper ce sort qui se multiplie que vous semblez avoir créé. Des idées ? ai-je demandé à Liam quand il s'est placé à mes côtés.

— Les sorts qui se multiplient sont incroyablement difficiles à contrer. Je ne pense pas que nous cinq ici ayons assez de pouvoir pour l'arrêter, a-t-il dit, son regard inquiet.

— La prochaine fois, ai-je commencé avec un regard appuyé entre Nadine et Olivia, ne vous engagez pas dans une querelle mesquine qui implique la météo et les fleurs. Vous nous mettez tous en danger pour quelque chose d'aussi ridicule.

Olivia a soupiré, l'air proprement réprimandée.

Pendant ce temps, Nadine a encore soufflé d'exaspération.

— Eh bien...

Je l'ai fusillée du regard.

— Vous plaisantez, j'espère. C'est pour une limite de propriété. Une limite de propriété ! Et apparemment un vélo volé il y a Dieu sait combien de temps et un rendez-vous. Passez à autre chose.

— Nous devons appeler des renforts. J'appelle mes parents et Jacob, a dit rapidement Liam.

Gabriel est intervenu :

— Et j'appelle les nôtres.

En sortant mon téléphone, j'ai ajouté :

— J'appelle Beatrice, Penelope, et ensuite j'alerterai Lea pour qu'elle ferme le magasin.

CHAPITRE DIX-SEPT

En moins d'une heure, notre jardin était rempli de sorcières et de sorciers. Liam, Gabriel et moi étions présents, ainsi que Nadine et Jerome. Olivia était également restée. Jacob et Lea nous avaient rejoints avec mes parents, les parents de Liam, Opal et Theo, Beatrice Powers, Tom Lewis, les jumelles, Emma et Jackson, et quelques autres personnes que Beatrice avait amenées. Elle était l'une des plus anciennes sorcières vivant à Charm Cove et avait fait appel à quelques sorcières et sorciers qu'on voyait rarement en ville, mais qui étaient particulièrement puissants.

Opal posa les mains sur ses hanches et jeta un regard circulaire au groupe. Pour le moment, nous nous regroupions sans ordre précis. « Bien, est-ce que nous attendons encore quelqu'un ? » demanda-t-elle en scrutant l'assemblée.

Beatrice secoua la tête et leva les yeux au ciel face à l'attitude d'Opal. Cette dernière aimait diriger les opérations, bien que Beatrice la surpassât nettement en pouvoir et en autorité. Opal choisissait simplement d'ignorer ce fait.

— Il nous faut un plan, et vite, commenta Beatrice.

Opal se tourna vers mes parents, puis vers Jacob et Lea. « Vous êtes les gardiens des deux bibliothèques contenant le plus d'informations sur les sortilèges. Que savons-nous sur ce que nous pouvons faire pour contrer un sort de multiplication qui dure depuis trois semaines maintenant ? »

Plus un sort de multiplication persistait, plus il devenait puissant. C'était comme une boule qui dévale une colline, prenant de la vitesse et de la puissance au fur et à mesure.

Mon père acquiesça en s'éclaircissant la gorge. « Nous avons besoin d'un sort de blocage. »

— Un sacré sort de blocage, ajouta Jacob.

— La meilleure approche serait peut-être que nous nous concentrions tous sur le blocage. Cependant, ceux qui ont le plus de pouvoir dans ce domaine doivent commencer le processus. Cela signifie, poursuivit Opal en désignant Liam, le père de Liam, Jacob, mon père et Beatrice, que vous tous qui êtes spécialisés dans ce pouvoir et qui en possédez beaucoup, devez initier le sort. Ensuite, le reste d'entre nous se joindra à vous et, avec un peu de chance, cette quantité d'énergie arrêtera la multiplication. Enfin, nous aurons besoin de quelqu'un pour contenir et canaliser le pouvoir de manière efficace. Le pouvoir de blocage doit être canalisé puis dispersé.

— Emma, Celia, Delia et Lea seront chargées de la contention, intervint Beatrice avant de se tourner vers moi. Et enfin, nous avons besoin de vous pour la dispersion.

— Pardon ?

Beatrice sourit. « Oui, ma chère. Quand vous vous téléportez, vous dispersez de l'énergie. Je vous suggère d'utiliser votre pouvoir pour une variation de ce processus. Il n'existe pas de sort direct pour transporter l'énergie comme vous vous transportez vous-même. Ne vous inquiétez pas, vous ne vous envolerez pas dans le ciel pour devenir une pâquerette. » Cette remarque suscita quelques rires parmi le groupe. « Je veux plutôt que vous concentriez ce que vous faites lorsque vous vous téléportez sur le sort de blocage que nous créons. Lorsque vous sentirez la puissance du sort de blocage, vous dirigerez cette énergie droit vers le ciel. »

Par réflexe, je jetai un regard à Liam, la tension s'accumulant dans tout mon corps. Je n'avais jamais rien fait de tel, et tout cela semblait un peu accablant. Le problème, c'était que si nous n'arrêtions pas rapidement ce sort de multiplication, nous risquions de voir les pâquerettes dépasser les limites de Charm Cove. Cette préoccupation avait été exprimée par plusieurs personnes au cours de la dernière demi-heure. Les sorts de multiplication n'étaient pas à prendre à la légère.

Après une profonde inspiration pour me calmer, j'acquiesçai. « D'accord, je vais essayer, mais je ne peux pas promettre que ça marchera. »

— Tu réussiras, affirma ma mère d'un ton beaucoup plus confiant que je ne l'étais intérieurement.

Quand Opal leva les mains, tout le monde se tut et forma lentement un cercle sans avoir besoin d'instructions. Tous les résidents de Charm Cove qui étaient sorcières ou sorciers faisaient partie de notre coven. Nous n'utilisions pas souvent cette terminologie, principalement parce que ce terme était trop répandu dans la culture populaire de nos jours. Néanmoins, c'était ce que nous étions.

Une fois le cercle formé, nous ne nous sommes pas tenus par la main, ce n'était pas nécessaire. Presque tout le monde ferma les yeux et se calma. Ceux qui possédaient le pouvoir de blocage le plus puissant – Liam, son père, Jacob et mon père – commencèrent. Beatrice attendit, son regard balayant le cercle. Après quelques minutes supplémentaires, d'autres se joignirent à eux. Il était rare qu'un événement comme celui-ci se produise, principalement parce que c'était rarement nécessaire. Cela faisait de nombreuses années que je n'avais pas vu ce genre de puissance réunie en un seul endroit, travaillant ensemble vers un objectif commun.

L'air commença à vibrer, dressant les cheveux sur ma nuque et envoyant des décharges électriques à travers mon corps. Un picotement familier parcourut mes doigts, remonta jusqu'à mes épaules et descendit le long de ma colonne vertébrale. Mon regard se posa sur Beatrice, et elle hocha la tête avant de rejoindre le cercle de blocage.

Ensuite, Emma, les jumelles et Lea firent leur part. Elles entourèrent notre cercle entier de bandes lumineuses, maintenant et protégeant une immense quantité de pouvoir en un seul endroit.

Au moment même où je me demandais si je devais faire quelque chose, je sentis le regard de Beatrice sur moi. Elle hocha la tête puis ferma les yeux. Mon corps avait déjà senti le pouvoir prendre le dessus.

Fermant les yeux, je laissai mon esprit s'apaiser et je concentrai mon pouvoir. Normalement, je le focalisais en moi, puisqu'habituellement je me téléportais. Cette fois, je fis comme Beatrice l'avait indiqué et concentrai mon énergie sur l'énorme pouvoir qui vibrait au centre du cercle, maintenu fermement par la contention.

La force en moi s'intensifia jusqu'à devenir presque insupportable avant que je ne la libère et la projette vers le ciel. Métaphoriquement parlant, bien sûr.

Quand je me téléportais, c'était toujours une sensation étrange, peu importe combien de fois je le faisais. Cette fois, avec ma concentration non pas sur mon propre corps mais à l'extérieur de moi-même, l'énergie s'accumula rapidement puis se déploya. En ouvrant les yeux, je vis des étincelles scintillantes de mon sort voler au milieu du cercle de contention puis s'élever haut dans le ciel, se dispersant à l'horizon exactement comme Beatrice l'avait espéré.

Il s'avérait que j'étais la seule personne avec les yeux ouverts, car tout le monde se concentrait sur leurs tâches respectives. Je restai silencieuse et attendis tandis que les paillettes se répandaient aussi loin que je pouvais voir. Après un moment, Beatrice parla. « Ça suffit. »

D'abord, Emma, Lea, Celia et Delia relâchèrent leur sort de contention. Les anneaux lumineux entourant tout le monde se dissipèrent, tombant comme des étincelles au sol. Le reste du groupe ouvrit les yeux. L'intense pouvoir qui miroitait dans l'air s'atténua lentement.

C'était un peu comme baisser progressivement le volume d'une musique forte. Le bourdonnement et la vibration se dissipèrent jusqu'à ce que le silence nous entoure. Nous avons tous regardé vers le haut où l'on pouvait encore voir les étincelles scintillantes se propager dans le ciel.

Beatrice rayonnait, ses yeux bruns rencontrant les miens.

—J'espère que ça a fonctionné, offris-je timidement.

CHAPITRE DIX-HUIT

Mon père et Jacob s'avancèrent ensemble. Ils partageaient des types de magie apparentés. Jacob pouvait détecter les sorts d'une nature plus spécifique. Pour tous les sorts lancés, il était capable de les percevoir et d'identifier qui en était responsable. Il avait la capacité de capter les traces de magie dans l'air. Quant à mon père, il possédait la faculté de sentir l'existence même de la magie. Si quelqu'un voulait dissimuler ses capacités surnaturelles en présence de mon père, c'était peine perdue. De temps à autre, lui et Jacob travaillaient ensemble, combinant la force de leurs pouvoirs pour déterminer ensemble si un sort avait été efficace.

Tout le monde se tut à nouveau tandis qu'ils fermaient les yeux. Après un moment, ils les ouvrirent à l'unisson. — Les sorts de multiplication se sont arrêtés, dit mon père. Il esquissa un sourire, ce qui était rare chez lui. Il avait un sens de l'humour rusé, mais était de nature plutôt discrète.

— Dieu merci, s'exclama ma mère, suivie d'un chœur d'approbations murmurées.

Le groupe se dispersa, et Lea s'éloigna de sa place dans le cercle. Elle se dirigea vers Olivia. Elle s'arrêta devant elle et posa une main sur sa hanche. — Ne laisse plus jamais une chose pareille se reproduire.

C'était ridicule. Tu as peut-être pensé que c'était drôle, mais ça a complètement dérapé.

Olivia semblait légèrement réprimandée. — Je ne me rendais pas compte que ça allait devenir aussi incontrôlable. Sans compter que j'ignorais que Nadine n'avait pas beaucoup de contrôle sur sa magie. Elle fit une pause, se tournant vers Nadine. — Tu dois apprendre à maîtriser ça, ajouta-t-elle.

— J'ai une potion qui pourrait t'aider, proposa ma mère en s'approchant de Nadine.

Nadine semblait un peu embarrassée. — Personne n'a été blessé, marmonna-t-elle.

— Oui, mais les choses ont échappé à tout contrôle. Tu devrais travailler avec Camille et la laisser t'aider à maîtriser ta magie, dit Lea. Son regard passa de Nadine à Olivia. — Et vous deux n'êtes plus autorisées à vous disputer pour des bêtises. Tout ça pour une histoire de limite de propriété.

— Une dernière chose, intervint Beatrice.

— Quoi ? demandai-je.

— Nous devons savoir où se trouve la marguerite originale que tu as utilisée pour commencer le sort, expliqua-t-elle en regardant Olivia.

— Ah, d'accord. Eh bien, allons chez moi, répondit Olivia.

— Nous n'avons pas tous besoin d'y aller. Toi, par contre, si, dit Beatrice en pointant Liam du doigt.

— Pourquoi moi ? répliqua-t-il.

— Nous avons besoin que tu restaures cette marguerite à son état d'origine, ce qui effacera toute trace persistante de magie du sort. C'est peut-être excessif, mais c'est une précaution pour éviter que tout cela ne recommence, expliqua Beatrice.

Liam croisa mon regard, et j'acquiesçai. — Allons-y. Je jetai un coup d'œil à mon frère Gabriel. — Tu veux venir avec nous ou rentrer à la maison ?

Gabriel sourit. — J'ai eu ma dose de magie pour aujourd'hui. Je vais rentrer avec maman et papa. Je dois de toute façon aller à la ferme pour rencontrer Nathaniel et régler quelques trucs. Il faisait référence à la ferme d'érable qu'il avait héritée de notre cousin éloigné à son décès.

— Venez dîner ce soir, lança ma mère quand Liam prit ma main dans la sienne alors que nous nous dirigions vers la voiture. Avec un geste de la main, lui et moi partîmes vers chez Olivia, suivant Beatrice et son amie Eva.

———

Cette dernière étape ne prit pas longtemps du tout. Olivia savait précisément quelle marguerite elle avait utilisée pour lancer le sort initial. Elle nous conduisit à travers son jardin encore couvert de marguerites jusqu'à un parterre de fleurs rempli de marguerites et pointa vers le centre.

— Juste là. Celle qui est si grande. Je l'ai fait juste pour m'amuser, honnêtement, dit-elle, regardant tour à tour Beatrice, Eva et moi. — Nadine est tellement coincée, et je pensais que ce serait drôle. Je n'avais aucune idée que la multiplication commencerait à se produire avec son sort météorologique.

— On apprend de ses erreurs, je suppose, commenta Eva avec un haussement d'épaules.

Beatrice était toute à ses affaires. Avec un regard appuyé vers Liam, elle dit : — Fais ta magie et rends cette fleur à son état d'origine avant toute cette folie.

L'un des pouvoirs magiques uniques de Liam était la capacité de ramener les choses à leur état d'origine. Cette magie ne s'appliquait pas aux créatures vivantes, comme les animaux et les humains. Mais elle fonctionnait à merveille pour les objets, les plantes et autres choses similaires.

Nous nous écartâmes de Liam alors qu'il s'approchait de la marguerite en question. Il s'agenouilla dans le parterre de fleurs et entoura de ses mains l'énorme marguerite qu'Olivia avait identifiée.

Après avoir fermé les yeux, l'air commença à légèrement vibrer. Ce n'était pas aussi puissant que le sort collectif de tout à l'heure, mais suffisant pour que la vibration soit ressentie dans l'air autour de nous. Tandis que nous regardions, la marguerite géante rapetissa lentement jusqu'à atteindre une taille normale.

Après un moment, il se leva, laissa retomber ses mains et regarda en bas. — Eh bien, voilà qui ressemble davantage à une marguerite ordinaire.

Olivia soupira. — C'était amusant tant que ça a duré, mais même moi je commençais à m'inquiéter de savoir comment y mettre fin. J'avais complètement éliminé mon sort original, mais je n'arrivais pas à comprendre pourquoi elles continuaient d'apparaître. C'est à ce moment-là que j'ai réalisé que le sort avait dû commencer à se multiplier. Dieu merci, c'est terminé. J'adore les marguerites, mais pas à ce point-là.

Beatrice gloussa en se tournant pour partir avec Eva.

CHAPITRE DIX-NEUF

Ce soir-là, comme convenu, Liam et moi sommes allés dîner chez mes parents. Nous dégustions une tarte aux myrtilles préparée avec les derniers fruits qu'elle avait congelés pour l'hiver. J'ai regardé Nathaniel après avoir repoussé mon assiette vide.

— Alors, quel est le plan ?

— D'abord, je dois expulser Gabriel du cottage du gardien pour pouvoir m'y réinstaller, a dit Nathaniel en lançant un sourire complice à Gabriel.

Gabriel a haussé les épaules et levé les yeux au ciel.

— Il n'y a qu'une chambre. Tu peux prendre le canapé.

Nathaniel a ricané.

— Bien sûr. Non, sérieusement, je ne suis pas certain. J'ai quelques affaires à régler avant de déménager. Quoi qu'il en soit, je serai à ton mariage en Écosse cet été.

— Tu es sûr ? Tu n'es pas obligé d'y aller. Nous organisons une fête ici à Charm Cove vers Noël l'année prochaine. Si c'est trop compliqué de te rendre en Écosse, tu pourrais venir à celle-là.

Ma mère a plissé les yeux.

— Absolument pas. Tu *seras* présent à ce mariage en Écosse, a-t-elle ordonné.

Ma mère s'était plutôt retenue de trop me donner d'ordres concernant le mariage, mais ça ne m'étonnait pas qu'elle s'attende à ce que tous mes frères y assistent. Je suis restée silencieuse. Je me disais que c'était déjà suffisant que je prévoie d'accomplir mon destin.

Je n'étais nullement contrariée de rencontrer mon destin, mais quand la moitié de la ville et nos familles avaient des opinions sur ce qui devrait se passer à notre mariage, eh bien, c'était parfois un peu trop. Je suppose que je pouvais remercier Charm Cove, ses diverses facéties et sa magie de me tenir autrement occupée.

Sous la table, Liam a cherché ma main et l'a serrée tandis que je prenais une gorgée de vin.

Nathaniel a souri à ma mère.

— Bien sûr que je serai là, Maman. Tu n'as *pas* besoin de t'inquiéter. Je ne manquerais le mariage de Moira pour rien au monde.

— Ne fais rien de ridicule, ai-je dit en lui lançant un regard taquin.

Nathaniel était définitivement le farceur de la famille. J'imaginais qu'il préparait quelque chose pour notre mariage, mais qui sait quoi.

———

Plus tard ce soir-là, j'ai tortillé mes orteils en étirant mes jambes sur le canapé. J'étais appuyée contre l'épaule de Liam avec Ghost qui ronronnait à tout va à côté de lui. Nous nous détendions après une journée plutôt mouvementée en regardant les informations du soir. Après une pause publicitaire, le segment suivant a commencé.

— Dans les actualités locales du Maine ce soir, plusieurs signalements d'un étrange phénomène ont été observés dans le ciel au-dessus de Charm Cove cet après-midi, a commencé le journaliste. Des témoins ont rapporté avoir vu le ciel se remplir d'étincelles pendant plusieurs minutes. Les étincelles se sont finalement dissipées, mais les observateurs étaient inquiets.

— Avec Charm Cove encore couvert de pâquerettes et toujours aucune réponse des experts sur ce qui fait de la ville la Merveille des Pâquerettes du Monde, les gens sont légitimement préoccupés par ce qui se passe. L'écran a basculé vers quelques photos choisies de la place centrale de Charm Cove drapée de pâquerettes. Il n'y a toujours pas de réponses. De plus en plus, les nouvelles que nous entendons en provenance de Charm Cove indiquent que son histoire fantaisiste sur les sorcières et les sorciers n'est rien de plus que des histoires exagérées. Néanmoins, nous avons notre reporter sur place à Charm Cove, Amy Wells, pour nous parler du dernier phénomène. À vous, Amy. Que pouvez-vous nous dire sur ce que vous avez vu et entendu cet après-midi ?

L'écran a montré une photographie floue du ciel au-dessus de Charm Cove avec des traînées de lumière. La caméra a ensuite fait un panoramique vers Amy, une jolie femme aux cheveux bruns courts.

— Eh bien, Chuck, comme vous venez de le dire, il y a eu de nombreux témoignages de personnes observant des étincelles de lumière dans le ciel cet après-midi. J'ai personnellement parlé avec plusieurs personnes qui ont été témoins du phénomène, mais personne ne sait de quoi il s'agissait. Tout le monde affirme n'avoir jamais rien vu de tel. J'ai ici un scientifique de l'une des agences météorologiques nationales pour nous parler des explications naturelles possibles de ce que les gens ont vu.

Un homme grand aux cheveux gris s'est penché en avant, prenant le microphone des mains d'Amy. Il s'est lancé dans diverses explications sur les raisons pour lesquelles il y avait parfois des étincelles dans le ciel.

— En conclusion, aussi étrange que cela ait pu paraître, contrairement aux pâquerettes, il existe des phénomènes naturels qui créeraient cette illusion temporaire. Nous ne pensons pas qu'il y ait lieu de s'inquiéter. Par ailleurs, il semble que les pâquerettes tombant du ciel aient ralenti dernièrement. Nous espérons que c'est peut-être la fin de ce phénomène. Nous n'avons pas encore trouvé d'explication à cela. Cela pourrait rester un mystère pour les années à venir.

Avec un sourire enjoué, Amy a repris le microphone des mains du scientifique.

— C'est tout ce que nous avons depuis Charm Cove. À vous, Chuck.

En levant les yeux vers Liam, j'ai éclaté de rire. Il a pouffé, et le journal télévisé est passé au bulletin météo.

ÉPILOGUE

Quelques semaines plus tard, je suis sortie par la porte d'entrée et j'ai jeté un coup d'œil aux pâquerettes fanées qui restaient. Plus aucune pâquerette n'était tombée du ciel depuis que nous avions réussi à stopper le sort de multiplication. Elles avaient également cessé de pousser de façon sauvage, et celles qui étaient restées sur le sol commençaient enfin à se faner et mourir. Les seules pâquerettes encore vivantes étaient celles qu'on pourrait considérer comme des pâquerettes normales, pour ainsi dire. La ville nettoyait progressivement tout, bien que ce soit un peu un projet d'envergure.

Fantôme s'est précipité dehors derrière moi, parti pour ce que je supposais être une journée d'amusement et de gambades. Liam a fermé la porte derrière moi, et nous avons roulé jusqu'au centre-ville. Il m'a déposée au Magic Beans sur son chemin vers le bureau. La vie recommençait à sembler presque normale. Enfin, aussi *normale* qu'elle puisse l'être dans une ville pleine de sorcières et de sorciers.

Par chance, Liam avait gagné la cagnotte du pari à l'Enchanted Spirits il y a quelques semaines. Il avait choisi le bon jour pour la fin complète des averses de pâquerettes et avait gagné plus de deux mille dollars. Il a fait don de cette somme pour contribuer aux frais de nettoyage de la ville. Je n'arrivais pas à croire que deux cents personnes avaient misé dix dollars sur la date de fin des pâquerettes.

J'ai pris mon café habituel puis je me suis dirigée vers le parc, remarquant qu'il ne restait que quelques pâquerettes fanées sur le grand baumier qui se dressait comme une sentinelle au centre de la place. Nous avions encore quelques touristes qui s'attardaient depuis la période de forte affluence de ces dernières semaines. Après tout, fin mai était l'époque où l'activité commençait à s'intensifier pour l'été.

Dale Anderson, le journaliste qui avait pris ma photo au début de tout ce désordre de pâquerettes, m'a fait signe de m'approcher alors qu'il arrivait sur le trottoir en face de Persnickety Potions & Gifts.

— Bonjour, ai-je dit avec un sourire avant de prendre une gorgée de mon café.

Il s'est arrêté, appareil photo à la main, se tournant pour prendre une photo du grand baumier.

— Eh bien, on dirait que les pâquerettes ont enfin disparu, a-t-il dit en me regardant à nouveau.

— Avez-vous découvert si c'était la magie qui avait provoqué ça ? ai-je demandé, réprimant un sourire.

Il a levé les yeux au ciel.

— Oh, j'ai certainement entendu beaucoup d'histoires fantaisistes, mais rien de concluant. Pendant ma dernière tournée ici, j'ai entendu des gens se plaindre que les pâquerettes soient parties parce qu'ils avaient eu tellement d'affaires supplémentaires pendant l'événement.

J'ai haussé les épaules.

— Tant pis. Nous sommes occupés tout l'été de toute façon. Ne vous méprenez pas, j'ai apprécié le surplus d'activité, mais c'était un peu étrange d'avoir des pâquerettes partout tout le temps.

Dale a ri.

— Étrange est une façon de le dire. En parlant d'affaires, j'ai acheté l'un des remèdes de votre boutique. Il est censé m'aider à trouver l'amour.

Il a levé les yeux au ciel.

— Pas que je pense en avoir besoin, mais les jumelles qui y travaillent ont insisté pour que je l'achète. C'est difficile de leur dire non, vous savez.

J'ai souri.

— Elles sont de bonnes employées, c'est certain. C'est juste pour s'amuser un peu. Quoi qu'il en soit, je dois aller travailler. Passez une bonne journée. Si vous revenez en ville, n'hésitez pas à passer nous voir.

— Je n'y manquerai pas.

Je lui ai fait un signe de la main en quittant le trottoir pour traverser la rue jusqu'à la boutique, poussant un soupir de soulagement une fois à l'intérieur. J'ai savouré mon café tout en préparant le magasin pour l'ouverture. Ma première cliente était Béatrice. Elle est entrée, les yeux brillants.

— Je sais ce que je vais faire pour ton mariage, a-t-elle annoncé.

— Tu n'as pas besoin de faire quelque chose de spécial. C'est déjà beaucoup que tu viennes jusqu'en Écosse.

Son sourire s'est élargi.

— Oh non, j'ai un cadeau, mais c'est une surprise. En attendant, j'ai besoin de quelques potions.

Je ne pouvais m'empêcher de me demander ce qu'elle nous réservait. Avec tout ce remue-ménage autour des pâquerettes, j'étais un peu soulagée d'avoir largement laissé ma mère et mes tantes prendre en charge la planification du mariage. Je me disais que je faisais déjà assez en me montrant tout simplement. Bien que j'aimais jouer les accablées face à la pression du destin, j'aimais Liam et j'étais vraiment impatiente de me marier.

Je n'imaginais pas que cela changerait beaucoup les choses entre nous. Cela dit, au moins nous pouvions être rassurés d'avoir empêché une querelle vieille de plusieurs siècles de ressurgir entre nos familles.

Entre-temps, la cloche au-dessus de la porte a tinté, et les clients ont commencé à remplir la boutique. J'avais de la magie à vendre.

———

Merci d'avoir lu Oopsy Daisy ! Si vous souhaitez être informé(e) de mes nouvelles parutions et autres actualités, inscrivez-vous à ma newsletter : subscribepage.io/35IYqX

Pour plus de malice, de magie et de folie à Charm Cove, tournez la page pour un aperçu de Siren Song Gone Wrong, le prochain livre de la série Wicked Good Mystery !

EXTRAIT : SIREN SONG GONE WRONG

MOIRA WICKED

—Alors ? demanda ma tante Lea, tapotant d'un ongle rouge brillant le dessus de la vitrine.

Je baissai les yeux vers les deux colliers dans la vitrine, tous deux magnifiques et tous deux héritages familiaux.

Au cas où vous vous poseriez la question, organiser un mariage est une vraie prise de tête. J'étais en plein dedans. Mon mariage approchait à grands pas, dans à peine quatre semaines. En ce moment précis, je devais décider quel collier je voulais porter avec ma robe de mariée.

Petit avantage d'être une sorcière destinée à épouser un sorcier lors d'une cérémonie enveloppée de destin : presque tout était déjà décidé pour moi.

Par exemple, je porterais la robe de mariée de ma grand-mère, qui était vraiment jolie. Dieu merci. C'était une robe fourreau en soie crème, simple et élégante. Même mes courbes ne la remplissaient pas trop. J'ai pu choisir mes propres chaussures, c'était plutôt sympa. Je vous en dirai plus sur mon histoire familiale dans un instant. Je devais d'abord me décider pour ce fichu collier.

Lea se tenait devant moi de l'autre côté du comptoir de Potions & Cadeaux Pointilleux, la boutique que je gérais pour ma famille, les Wicked. Nous vendions des potions et des cadeaux. À notre époque moderne, nous appelions les potions des « remèdes », ce qu'elles étaient par définition. Il se trouvait simplement qu'elles contenaient toutes une pincée de magie et qu'elles fonctionnaient *vraiment* bien.

Mais je m'égare. Les lunettes rouge vif de Lea étaient perchées sur son nez et ses cheveux argentés étaient retenus en chignon par des baguettes assorties de couleur rouge. J'étais presque certaine de ne l'avoir jamais vue manger avec des baguettes, mais elle en avait plein pour ses cheveux.

Ses yeux bleus se plissèrent.

— Tu ne peux pas tergiverser éternellement sur ces détails. Il ne te reste que quatre semaines. Je dois faire polir le collier, et tout doit t'attendre en Écosse pour le jour de la cérémonie.

Je réprimai un soupir et concentrai docilement mon attention sur les deux colliers devant moi.

— Celui-là, dis-je en montrant celui de gauche. J'adore les perles, et je pense qu'elles iront mieux avec ma robe. L'autre est un peu plus élaboré, tu ne trouves pas ?

— Je suis tout à fait d'accord, répondit-elle solennellement.

— Eh bien, alléluia, dis-je en levant les yeux au ciel.

Lea posa une main sur sa hanche et soupira.

— Je pense que nous avons tous été très attentifs à ce que tu te sentes impliquée dans ce processus, ma chérie.

— Étant donné qu'il s'agira de mon mariage et de mon union, je suis ravie que tu aies l'impression d'avoir fait un effort pour m'inclure.

Une expression peinée apparut dans ses yeux, et je me sentis un peu coupable.

— Je plaisante. Un mariage, c'est énormément de travail. Honnêtement, j'apprécie le fait de ne pas avoir autant de travail que la plupart des gens grâce à l'aide de tout le monde. J'adore ma robe et j'adore ce collier.

La cloche au-dessus de la porte de la boutique tinta, et Daniel Levesque, le chef de la police de Charm Cove, entra. Il était en uniforme, ce qui me mit immédiatement sur mes gardes.

Daniel jeta un coup d'œil autour de la boutique, examinant pratiquement les lieux en s'approchant de nous. Pour l'instant, par un petit miracle, il n'y avait que Lea et moi. Nous n'étions pas encore techniquement ouverts, mais j'avais laissé la porte d'entrée déverrouillée quand elle était arrivée. Nous serions occupées d'ici une demi-heure, étant en plein été.

Daniel s'arrêta à côté de Lea et hocha la tête.

— Bonjour, Lea, comment allez-vous ce matin ? demanda-t-il.

— Très bien, Daniel. Vous êtes si élégant dans votre uniforme, répondit-elle avec un clin d'œil.

Daniel haussa un sourcil. Avec ses cheveux foncés et ses yeux marron profond, Daniel était très séduisant et aussi très heureux en ménage avec ma meilleure amie Zoe. Ils attendaient également un bébé pour bientôt.

— Qu'est-ce qui vous amène ici ce matin ? demandai-je.

Daniel appuya sa hanche contre le comptoir face à moi. La vitrine servait également de comptoir. Lea avait voulu que je voie les colliers dans toute leur splendeur, alors elle les avait placés dans la vitrine sur le riche velours bleu.

Daniel passa une main dans ses cheveux et soupira.

— Je me suis dit que je pouvais commencer par ici. J'ai vu la voiture de Lea, alors j'ai pensé que je pourrais vous voir toutes les deux.

— De quoi s'agit-il ? demanda Lea, son attention désormais complètement détournée de la planification du mariage.

— C'est un peu étrange, commença Daniel.

— Étrange ? intervins-je.

— Oui, étrange. Si vous considérez que tous les passagers d'un bateau de pêche rapportent avoir entendu une sirène, répondit Daniel.

— Vous voulez dire comme une sirène de police ? demandai-je.

— Euh, non. Le genre de sirène qui attire les hommes, précisa Daniel.

— Quoi ?!

— Oh mon Dieu ! L'exclamation de Lea se superposa à la mienne.

— En effet. Le bateau a dévié de sa route hier soir jusqu'au Massachusetts. Au lieu d'accoster à Boston, ils sont remontés ici au Maine vers une des petites îles sans nom et leur bateau s'est échoué dessus.

Les yeux de Lea s'écarquillèrent.

— Oh là là. Mais en quoi sommes-nous concernées ?

— Vous en particulier, rien. J'ai simplement pensé que vous pourriez en savoir plus que moi sur les sirènes. Tous les gars de ce bateau rapportent qu'une femme les appelait à travers la mer. En fait, la plupart d'entre eux l'appellent une sirène et disent que c'est la plus belle femme qu'ils aient jamais vue.

Je gémis.

— Sont-ils sûrs que c'était une sirène ? répéta Lea.

Daniel hocha lentement la tête.

— C'est exact. Tous ont décrit la même chose, une voix qui les appelait de l'autre côté de l'océan. Ils ne semblent avoir aucune idée de la raison pour laquelle ils ont conduit leur bateau sur l'île et l'ont bien amoché. J'ai à peine réussi à éviter la Garde côtière parce que tout le monde était sain et sauf. Heureusement, cette île particulière n'est pas trop rocheuse. On craignait qu'ils ne se soient perdus en mer, bien que le temps fût beau.

— L'autre problème ? Un bateau de pêche local a signalé la même chose. Ils ont échoué leur bateau du même côté de l'île. Tout indique quelque chose de... eh bien, quelque chose de surnaturel. Avec tout ce qui s'est passé il y a quelques mois avec les pâquerettes, la dernière chose dont cette ville a besoin, c'est l'attention sur le genre de magie que nous pourrions pratiquer. Je me suis dit qu'il valait mieux déterminer quoi faire ensuite.

Je soupirai silencieusement. Juste au moment où je croyais que l'ennui était une bonne chose.

La nouvelle de la prétendue sirène sur l'île au large de la côte se répandit rapidement dans la ville. Heureusement que j'avais beaucoup d'aide pour la planification de mon mariage, car tout indiquait un problème. Plus précisément, un problème de sirène. Selon les livres d'histoire, cela faisait bien trois cents ans qu'il n'y avait eu aucun incident enregistré concernant une sirène. Comme par hasard, l'une d'elles *devait* apparaître près de Charm Cove, dans le Maine, quelques semaines avant mon mariage.

1-click. Siren Song Gone Wrong

Si vous souhaitez recevoir des informations sur mes nouvelles parutions et autres actualités, inscrivez-vous à ma newsletter : subscribe page.io/35IYqX

Merci d'avoir lu cette histoire ! J'espère que vous avez apprécié la magie. Si c'est le cas, voici quelques façons d'aider d'autres lecteurs à découvrir mes livres.

1) Écrivez une critique !

2) Inscrivez-vous à ma newsletter pour recevoir des informations sur les nouvelles parutions : subscribepage.io/35IYqX

3) Aimez ma page Facebook à https://www.facebook.com/lucymayauthor/

———

Série Wicked Good Mystery
Destiny's A Witch
Hex Me Not
Spells & Silver Bells
The Great Maple Caper
Oopsy Daisy
Siren Song Gone Wrong
Pumpkin Patch Murder
Série This Good Witch Mystery

Wish Upon A Witch
A Stormy Spell
A Stitch of Magic
Bee Charmed
Série Lemon Tea Cozy Mysteries
Witch You Wouldn't Believe
A Spell to Tell
Witch is When it Gets Crazy

À PROPOS DE L'AUTEURE

Lucy May adore le café, les chiens, la cuisine et l'écriture. C'est une Sudiste égarée qui vit dans le Maine. Elle a appris à apprécier les quatre saisons, mais elle regrette toujours les étés paisibles du Sud. Elle aime penser qu'elle aurait pu être une sorcière dans une autre vie et croit encore à la magie. Elle passe son temps à créer des histoires paranormales amusantes, sarcastiques et sexy.